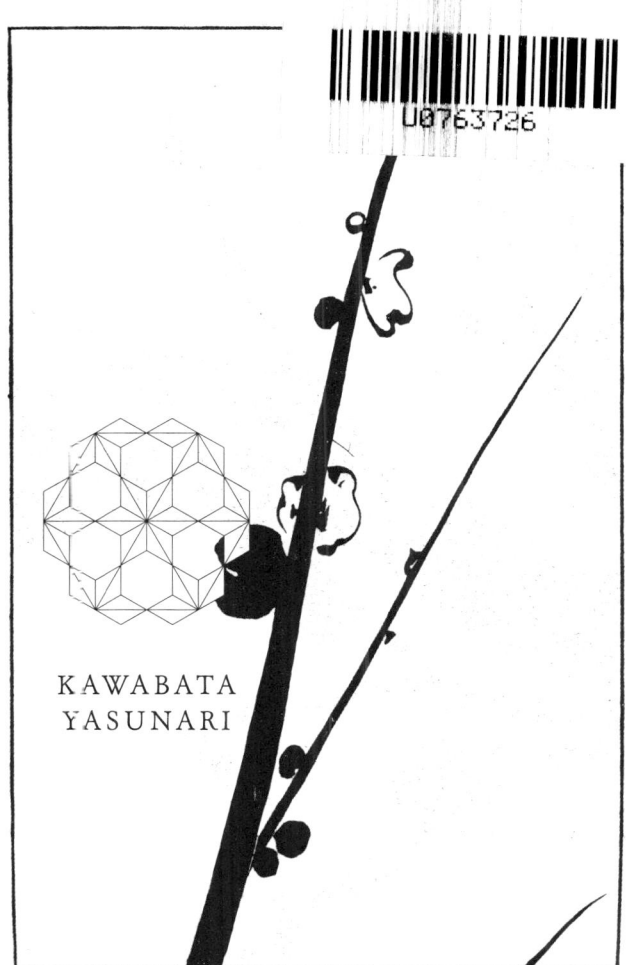

KAWABATA
YASUNARI

一頁 folio

始于一页，抵达世界

[日]川端康成 著

舞姬

陈德文 译

广西师范大学出版社
·桂林·

图书在版编目（CIP）数据

舞姬/（日）川端康成著；陈德文译.--桂林：广西师范大学出版社，2023.3
ISBN 978-7-5598-5757-6

Ⅰ.①舞… Ⅱ.①川… ②陈… Ⅲ.①长篇小说－日本－现代 Ⅳ.①I313.45

中国国家版本馆CIP数据核字（2023）第002383号

WUJI
舞姬

作　　者：（日）川端康成
译　　者：陈德文
责任编辑：彭　琳
特约编辑：王子豪　徐　露　徐子淇
装帧设计：汐　和　　at compus studio
内文制作：陆　靓

广西师范大学出版社出版发行
　广西桂林市五里店路9号　邮政编码：541004
　网址：www.bbtpress.com
出版人：黄轩庄
全国新华书店经销
发行热线：010-64284815
北京华联印刷有限公司印刷
开本：889mm×1260mm　1/64
印张：5　　　　字数：125千字
2023年3月第1版　　2023年3月第1次印刷
ISBN 978-7-5598-5757-6
定价：43.00元

版权所有，侵权必究
如发现印装质量问题，影响阅读，请与出版发行部门联系调换。

舞姬

目录

皇居的护城河	3
母女·父子	34
睡眼蒙眬	76
冬天的湖	120
爱的力量	150
山那边	192
佛界与魔界	232
深刻的往昔	266
《舞姬》解说	297

舞姫

一

皇居的护城河

一 天皇平时居住的场所。现在所见的皇居指曾命名为「宫城」的东京江户城旧址,「宫城」这个名字于第二次世界大战后废止,改为「皇居」。

十一月中旬的一天,四点半左右,正当东京的日落时分。

出租车刺耳地怪叫了一声,停住了,车尾喷出了黑烟。车后拖着炭包和柴袋,还吊着一只坑坑洼洼的旧水桶。

听到后面汽车的鸣笛声,波子回过头去。

"我好怕,我好怕呀!"

她缩起肩膀,紧靠着竹原。接着,她把手举到胸前,似乎想捂住脸孔。竹原发现她的指尖正不住颤抖着,吃了一惊。

"怎么啦?怕什么呀?"

"会被人看到的,肯定会被人看到的呀!"

"啊……"

原来是这样，竹原看向波子。从日比谷公园后方进入皇居前广场，其间的交叉路口车辆很多，来来往往的都是下班的人。他们二人乘坐的那辆车者在道路中间，后面还停着两三辆，左右的车流也从未断过。

紧挨着他们的出租车车尾的车子向后倒车，头灯就照进他们车内，映得波子胸前的宝石闪闪发光。她的黑色洋装外套左胸处别着一枚胸针，做成细长的葡萄样式，白金蔓子和碧玉叶子中间点缀着几颗钻石葡萄。为了搭配珍珠项链，她还戴了一对珍珠耳环。不过，耳环被掩在头发里，时隐时现。

因为穿着白色蕾丝绣衣，颈上的珍珠便不太显眼了。绣衣的花边似乎是白的，但这白色也可能是淡白的珍珠的颜色。那花边一直延伸到乳沟下，滑爽，柔软，平添了几分超越她实际年龄的高雅。

蕾丝领口并没有直挺挺地立着，几道褶子从耳下一直向前，显得越来越浑圆而深邃，使她那细长的脖颈看上去好似有波浪在起伏。

微明之中,波子胸前闪光的宝石,仿佛也在向竹原求援。

"被人看见?在这种地方,谁会看见呢?"

"矢木……还有高男……高男对他父亲言听计从,一直监视我呢。"

"你丈夫不是在京都吗?"

"不知道。再说,谁知道他什么时候回来,"波子摇着头,"都怪你叫我坐这样的车子。一直以来,你净干这种事!"

这时,出租车"吱呀"一声,又开动了。

"哦,又走了。"波子小声说。

这辆车停在十字路口冒黑烟,交警也看见了,只是没有过来拦截,因为车子停留的时间实在非常短。波子的恐惧似乎依然留在脸上,她用左手捂住了面颊。

"叫你乘这种车,我反倒挨骂了……"竹原说,"因为我看见你冲开人群,逃也似的出了公会堂,神色很是慌张。"

"是吗？我自己倒没有感觉到，也许是这样的。"波子低着头说，"今天也是，走出家门时，忽然发现自己戴了两枚戒指呢。"

"戒指？"

"是的。它们是丈夫的财产啊……如果碰到了丈夫，他看到这宝石就会想到，自己不在家的时，东西也没丢。矢木……他会很开心的……"

波子说话的当儿，车子又"吱呀"一声停住了。这回，司机下了车。竹原盯着她的戒指说：

"你是想让矢木先生看到，才故意佩戴的吧？"

"是的。不过也没有特别刻意，只是偶然想起来了。"

"真是叫人意想不到啊。"

"真讨厌，这车子……又坏啦，真可怕。"波子似乎没有听到竹原在说什么。

"烟好大啊，"竹原望着后面的车窗，"看来要打开盖子点火呢。"

"这破车，我们下去走走吧。"

"先下车再说。"

竹原好容易推开车门，车正停在通往皇居前广场的护城河桥上，他走到司机那里，回头看了看波子。

"急着回家吗？"

"不，没关系。"

司机用一根长长的旧铁棍撬开炉盖，伸进炉膛搅得里面嘎啦嘎啦响，好像在引火。

波子避开人们的视线，俯视起护城河里的水来。这时，竹原走了过来。

"今晚家里只有品子一个人。那孩子一看我回去晚了，就会问我去干什么了，去哪儿了，两眼泪汪汪的，一副随时要哭的样子。她是不放心我，她可不像高男那样，是在监视我。"

"是吗？不过，你刚才谈到宝石，我很纳闷。宝石本来不就是你的吗？你们家的生活，不是还像往常一样，全靠你在支撑吗？"

"是这样。我虽然没有太大的本事……"

"这事确实很难办，"竹原看着波子有气无力的样子，"我真不理解你丈夫是怎么想的。"

"这是矢木家的家风,从我们结婚那天起就没变过,已经是我们的习惯了。竹原君,你不是老早就知道了吗?"波子继续说着,"也许结婚前就是如此,从婆婆那一辈人开始……矢木的父亲死得早,是婆婆一手将矢木拉扯大,又培养他读书的。"

"这不一样。战前,靠你那笔陪嫁钱,你们就能过上富裕的生活。现在不一样了。这一点,矢木先生比谁都清楚。"

"这我知道。矢木说过,人人都背着一个痛苦的包袱,那包袱若是太重,就会带来其他后果,比如,对其他事情熟视无睹,或束手无策。其实,我们也能互相理解。"

"别犯傻啦!我不知道矢木先生有什么痛苦,可是……"

"日本战败后,矢木心里的美好理想也破灭了。他说他就是古老日本的亡灵……"

"又嘟囔什么亡灵不亡灵的,难道波子夫人在家里的痛苦,他都打算视而不见?"

"不光是视而不见,家里的东西越来越少,矢木也开始不安,连零花钱都开始拼命计较,所以他才监视我的。我担心,真到了一无所有的一天,他会自杀的。一想起这个,我就害怕。"

竹原也不由得打了个寒噤。

"所以你就戴着两枚戒指出来了?我看矢木先生不是亡灵,倒是波子夫人你,也许被亡灵附身了呢。一直袒护他的高男,又是怎么看待自己父亲这种卑怯的态度的呢?他也不是个孩子了吧。"

"哎,他也很苦恼。在这一点上,他是同情我的。他看到我出来工作,就说想退学去找活儿干。不过,那孩子一直无比敬仰自己这位学者父亲。所以,要是他怀疑起父亲来,指不定会变成什么样子呢。好可怕呀。这些话,也就在这里说说罢了……"

"好的,以后静下心来再听你细说。可刚才我看到你那样害怕矢木先生,真是于心不忍啊。"

"对不起,不说这些了。我有时会因为恐惧变得不正常,像犯癫痫,又像在歇斯底里……"

"是吗?"竹原有些将信将疑。

"真的,刚才车子停了,实在有些受不了,现在好了,没事了,"波子说着,抬起头来,"多美丽的晚霞啊!"

天空的颜色似乎也映在项链的珍珠上了。

午前晴天,午后薄云掩日,这样的天气已经持续两三日了。那可真是地地道道的薄云呢,日暮后的西方天空,云彩和暮霭交织相融。迷蒙的暮霭之所以带着微妙的色彩,也是因为有云朵在。霞光照耀的天空,暮霭低垂,朦胧而甘美地继续包裹着白天的温热。然而,其中也开始渐渐透出秋夜的寒凉,深红晚霞的颜色,正好也是这样的感觉。

红彤彤的天空,有的地方带着绛紫,有的地方显露薄红,也有极少处略呈绛黄和淡蓝,还有的地方是其他颜色。这些色彩,一概溶于暮霭之中,看上去一直低俯不动,实际上早已渐渐移转,消泯,无影无踪了。

然而，皇居森林的梢顶，仍然保留着一带狭长的蓝天，犹如一条彩练横空飞起。这一带蓝天，丝毫没有浸染晚霞的色彩，于黝黑的森林和深红的彩云之间，描画出了一道鲜丽的分界线。同时，这一带蓝天看上去似乎十分辽远，静寂而悲戚。

"多么美丽的晚霞！"

竹原这样说，不过是在重复波子刚才的话罢了。他只是顾及波子的感受，才跟着说晚霞是美丽的。

波子则继续望着天空。

"从现在开始，一直到冬天，每天的晚霞都会变多。难道你不觉得，这晚霞令人想起童年的情景吗？"

"是吗？"

"冬天外面虽然很冷，但可以看到晚霞。我一出去看，大人就总是骂我，说这样会感冒的，啊……我呀，爱看晚霞，说起来，原以为这一点也是来自矢木的影响，但其实我从幼年起就是如此了，"她转向竹原，"你说奇怪不奇怪？刚才那座日比谷公会堂前面和公园出口处,不是都有四五棵银杏树吗?虽然看上去是一排相同的树,但每棵树发黄的程度都不一样。有的树叶子落得很多,也有的树叶子落得很少。看样子,树木也各自有着不同的命运哩……"

竹原沉默不语。

"正迷迷糊糊思考着银杏树的命运呢,车子却嘎嗒嘎嗒地停下来了,简直吓了我一大跳,我就害怕起来了,"波子看了看汽车,"修不好啦,就这样站在旁边等下去,会被别人注意到的,到对面去吧。"

竹原跟司机打了声招呼,一边付钱,一边回头看去。此时的波子已经横穿过马路,只留给他一个活泼又年轻的背影。

刚才还一直飘扬在正对着护城河的麦克阿瑟总司令部大楼楼顶的美国星条旗和联合国旗帜,转眼间已经不见了,也许现在正是降旗的时候。

总司令部大楼楼顶东边的天上没有晚霞,高高的薄云正渐渐消散。

竹原心里明白，波子容易冲动。看着她那风风火火的背影，他想到她的"恐惧发作期"，大概的确像她说的一样已经过去了，于是他也来到马路对面。

"看你旁若无人地穿过车流，步伐很轻盈，就像在跳舞呢。"他轻描淡写地说。

"是吧，你是在开我的玩笑呀！"接着，波子迟疑了一下，"我也开个玩笑……行吗？"

"对着我吗？"

波子点点头，俯首沉思。总司令部白粉墙的正面映在护城河里，窗户里的灯影也照进了河水里。但是，墙的雪白影像很是淡薄，不知不觉间，唯有灯光在水面留住了。

"竹原君呀，你觉得自己幸福吗？"她低声问道。

竹原回过头来，还是闷声不响。

"你现在已经不再向我提这类问题了，不是吗？过去你经常挂在嘴边的。"她脸上泛起红晕。

"对，那是二十年前了。"

"二十年没有提了,所以现在我要替你问了。"

"这就是对我开的玩笑?"竹原笑了,"现在不问也知道。"

"你过去不知道吗?"

"知道啊,所以过去是在明知故问呀。对于一个幸福的人,谁还会问'你觉得自己幸福吗'这种问题呢?"竹原说着,向皇居走去,"对于你的这桩婚事,我当时就认为是错误的。所以你结婚前和结婚后我都问过你。"

波子点点头。

"可是有一次,忘记是什么时候了,好像是西班牙女舞蹈家来访的那段时间,在你们结婚五年后吧?在日比谷公会堂,我偶然碰见了你。你的座席是楼上靠前的贵宾席,你身边有和你一起跳芭蕾的同伴,还有你的丈夫。我坐在后头,一直在躲躲闪闪。可你一看到我,就立即跑上来,坐到我的身边,再也不动了。我想,让你丈夫和朋友们看到多不好,便劝你回原来的座位去,可你说就要坐在我身边,保证不说话,老老实实的……就这样,一直到散场,两个多小时,你始终坐在我身边。"

"是这样的。"

"我有些忐忑不安,矢木先生不停地往上看,你就是不肯下去。那时,我真感到迷惘。"

波子放慢脚步,蓦然伫立不动了。

竹原看到皇居前广场入口立着一块木牌:

这座公园是大家的公园,请注意卫生。

"这里也是公园?已经变成公园了吗?"看到厚生省国立公园部竖立的木牌,他问道。

波子遥望向远处的广场。

"战争期间,我家高男和品子,两个幼小的初中生,经常从学校来这里抬土、拔草。孩子们一说要去宫城前,矢木就叫他们用冷水洗净身子。"

"那时的矢木先生就是这样的吧。那座宫城,如今也不叫宫城,改称皇居了。"

皇居上空的晚霞,渐次淡薄起来,天空中,灰色开始向四方扩散,而东边的天空,依然保有昼间的明净。

然而,为皇居森林镶边的那一带蓝天仍未消泯,并呈现出愈加深邃的铅灰色。森林里有三四棵长得较高的松树,插向那带蓝天,迷离的霞光描画出黝黑的松影。

波子边走边说:

"天黑得真快啊!离开日比谷公园的时候,议事堂的尖塔还是桃红色的呢。"

那座国会议事堂,早已被晚霞包围,顶端红灯闪烁。右首的空军司令部和总司令部大楼顶端,也同样闪烁着红灯。总司令部大楼窗里的灯火,在护城河对岸的松林一端也明灭可睹。松树下人影幢幢,那是一对对情侣。

波子犹疑地停下脚步,竹原也看到了那些冷得直打战的情侣的身影。

"这里太冷清了,到对面去吧。"波子说着,两人便折了回去。

看着那些幽会的人影，两人都感到，走在一起的他们也处于幽会的状态中。

竹原送波子去东京站时，乘的出租车在路上出了毛病，才下来步行。但是，在这之前，是波子打电话邀他出席日比谷公会堂的音乐会的，所以毫无疑问，从一开始，他们就在幽会。

可是，他们都超过四十岁了。

谈论过去，就是谈论爱情。波子谈起自己的身世，听上去就是一场爱的苦诉。这样的岁月，在他们之间流逝了。这岁月对他们而言，既是纽带，又是阻隔。

"你不是说感到迷惘吗？是什么使你迷惘呢？"波子率先说回原来的话题。

"是这样，那个时候……我还年轻，看不透你的想法。放着矢木先生不管，一直坐在我的身边……多么胆大妄为的行动啊！你当时为何会做出这种决断呢？究竟是怎么一回事？想来想去，你以前就容易冲动，有时很让人害怕，莫非脾气又上来了？我当时认为肯定是这个原因……

"刚才，波子夫人你不也说是发作吗，那时和刚才，假如都是感情的发作，那还是有很大区别的。那时你根本不把京都的丈夫放在眼里；可现在，你因为那位身在京都的丈夫，时时感到胆战心惊……"竹原说道，"要是当时带着你悄悄溜出公会堂，二人一同远走高飞就好了，是不是？那时我还没有结婚呀！"

"可我都有孩子啦。"

"不过，当时我对你所谓幸福的理解，也许也是错的。那个时代的我还很年轻，始终相信，女人一旦结婚，她的幸福只能从家庭生活里寻找……"

"现在也是一样啊。"

"也是，也不是，"竹原的声音很轻，却又很坚定，"那时你之所以能够离开矢木先生，安然坐到我身边，说明你的婚姻是幸福的、平和的。当时我想，你信赖矢木先生，对他十分放心，你再怎么任性和感情用事，都可以得到原谅。当时你只不过是看到了我，一时感到很怀念罢了。你坐到我身旁时，也没觉得自己有什么对不住矢木先生的地方。不过，你一直坐着不走，就有点反常了。你一句话也不说，我很不自在，甚至不敢侧过头看你一眼。那时，我真的感到很迷惘呀！"

波子默默不语。

"矢木先生的外表也迷惑了我。那样一个温厚的美男子，看到他，谁能想到他家里会有个不幸的妻子？就算妻子真的不幸福，别人也总会觉得，是妻子自己不好。眼下也一样啊。那是前年或大前年的事吧，我租住在你家别墅厢房那段时间，有次你说没钱缴电费，我就把装工资的信封给了你，你泪流满面地说，工资袋还没打开过……你还说，结婚之后，你就没见过丈夫的工资……我很吃惊，当时我首先想到的是，都怪你自己不好，因为矢木先生看上去是那么神气。更何况，过去你们走在一块儿，路过的人都会回头多瞧上一眼。可你们的婚姻一开始就错了——尽管我心里是这么想的，但让我问你是否幸福，就和让我去怀疑自己的眼睛没什么两样。你没有回答，也是必然的。"

"你不是也没有回答我吗?"

"我?"

"嗯。刚才我问过你了呀。"

"我们很平凡。"

"有平凡的婚姻吗?你说谎。婚姻大多都是非凡的呀!"

"我可不像矢木先生那般非凡……"竹原试图转变话题。

"不是。看看我的那些同学,大体都是这样。不是说一个人非凡,其婚姻就会非凡,而是说,即便两个平凡的人走到一起,他们的婚姻也会变得非凡起来。"

"真是高见啊!"

"又是'高见',什么时候学会的口头禅?像大人糊弄孩子一样,讨厌不讨厌呀?"她柳眉上挑,睃了一眼竹原,"每当谈起家里的事,都是我一个人在说。"

波子主动岔开了话题,虽然她有时也想试着

诘问竹原，内心为此焦躁不已，但对于竹原的家事，她从不多嘴。

"那车子没有开走，还在冒烟呢。"她笑着说。

月亮升到日比谷公园上空。看那弯弓般的形状，正是初三初四的新月，不偏不倚，直立云间。两人来到护城河岸，望着水里的灯影，伫立不动了。

总司令部大楼窗户的灯光从正面射来，在河水里荡漾出悠长的倒影。河右岸上的一排柳树和左岸稍高的石崖，以及石崖上的松树，都在倒影里映现出黯淡的影像。

"今年赏月，大概就在九月二十五六吧？"波子说。

"这里的照片登在报纸上了。拍的是总司令部上空的圆月啊……还有水中的倒影。那排窗户也在水里映出一条条亮光，可它们上面还有一缕光影，似乎就是明月的影像。"

"报纸上的照片，能印得这样清楚吗？"

"是的，就像明信片一样清楚，我印象很深。城墙的石崖和松树都照进去了，照相机似乎是设置在那边的柳树之间的，"竹原感受到了秋夜的寒气，像是在催促波子快走一般，开始边走边说，"你也对孩子们说这些事吗？那会使他们变柔弱的。"

"柔弱？我柔弱吗？"

"品子走上舞台就会变得强韧，但将来她要是像母亲就糟啦。"

过了护城河，再向左转。从日比谷方向走来一样警察，皮带上的金属零件闪闪发光。

波子让到一旁，紧靠着竹原，并抓住了他的胳膊。

"所以嘛，我希望你能支持品子，保护她。"

"比起品子……你？"

"我已经在许多方面仰仗你的帮助了，不是吗？能盘下日本桥的那处排练场，也是托了竹原君你的福呀……而且现在你保护品子，也就等于保护我。"

波子避开警察之后,依然在河岸柳树下贴着路边走。那些垂柳的细叶大多还没有飘落。电车轨道旁的一排排悬铃木,靠近这一侧的叶子刚刚泛黄,而另一侧,虽然是同样的悬铃木,叶子却早已落光,只剩赤裸裸的树干了,也许是被公园的树木挡住了阳光。仔细一看,这里的一排街道树之中,也有的叶子已经散落大半,有的还郁郁青青。

竹原想起波子说的话——"树木也各自有着不同的命运哩……"

"要是没有战争,品子现在说不定正在英国或法国的芭蕾学校学跳舞呢,我也许会跟她一起去,"波子说,"那孩子,上学的好时候都给耽搁了,再也夺不回来啦!"

"品子还小,今后的路还长着呢……不过,你不是也考虑过摆脱的方法吗?"

"摆脱?"

"从婚姻里摆脱……离开矢木先生,逃到外国去……"

"哦,那是……我只考虑品子,我活着就是为了女儿,现在也是……"

"逃到孩子们中间去,这也是作为母亲的一种摆脱方法啊。"

"是吗?但是我的做法更偏激,像个疯子。让品子成为芭蕾舞者,是我毕生的梦想……品子就是我,我们偶尔会分不清,到底是我在为品子牺牲,还是品子在为我牺牲,不过也无所谓了。每每想起这些,就觉得我们的能力实在有限,实现不了啦。"

波子漫不经心地向下看了看。

"啊,鲤鱼,银鲤鱼!"

她大声叫着,望着河水,用手撩开垂在面前和肩头的柳枝。护城河流到日比谷十字路口,在这里拐了个弯。河道一角,一条银鲤纹丝不动,若浮若沉,好似停在水中央。因为是拐角,河道里积了些垃圾,唯有这里,清浅见底。也有一些落叶沉下,但落叶也和鲤鱼一样,在水里纹丝不动,其中也有悬铃木的落叶,被波子拂下的柳叶则散落在水面。河水浑浊，微微带着浅黄。借着总司令部大楼的灯光，竹原也凝神看着鲤鱼，但他马上又后退一步，仔细瞧起波子的背影来。她的玄色裙子一直收紧到裙裾，展露出腰部至腿脚的线条。青春时代起，竹原就从她的舞姿里发现了这一点，这是一种激动人心的线条。

女人的身段至今未变。然而，那时波子的背影，却变成如今站在夜间护城河岸窥视鲤鱼的背影，对于这一点，他实在有些受不了。

"波子夫人，你要看到什么时候啊？"他厉声喊道，"走吧！别再盯着那种东西看啦！"

"为什么呀？"波子转过身子，从柳树下走回人行道。

"那么小的一条鲤鱼，谁也不会瞧上一眼的，偏偏被你看到了。"

"尽管没人看见，尽管没人知道，可这条鲤鱼就活在这里。"

"因为你就是这样的人，所以才会发现这样孤寂的鲤鱼。"

"也许是吧。不过,这样宽阔的河流中,它偏偏挑了一个有很多行人经过的拐角,待在水里纹丝不动,你不觉得很奇怪吗?来来往往的人都不会注意到它,往后我要是对谁谈起这条鲤鱼来,他们还得以为我在说谎呢。"

"反而是注意到它的人,才显得非同一般……也许这条鲤鱼就是为了被你看到,才游来这里的呢。孤身一人,同病相怜嘛!"

"是吗?我看见那条鲤鱼前面,也就是河水中央,立着一块牌子,写着'爱护河鱼'。"

"嘿,不对吧,写的是不是'爱护波子'啊?"

竹原笑了,开始在河水中寻找那块牌子,波子也笑了起来。

"在那儿,你连牌子都看不到吗?"

一辆美国军用大轿车开过来,上面坐着男男女女的美国人。人行道一侧,原本也停着一列新型的美国汽车,这时也一辆接一辆开动了。

"在这种地方没完没了地盯着一条可怜的鲤鱼,你可不能再这样下去了啊,"竹原又说起来,

"你的这种性格该丢掉啦。"

"是呀,为了品子。"

"也为了你自己……"

波子沉默了片刻,静静地说:

"虽说不单是为了品子,但我还是决定卖掉家里的厢房。因为是你从前租住过的房间,所以想预先跟你说一声。"

"是吗?那我买下来吧。这样一来,假如你以后还想卖掉堂屋,不是更方便一些吗?"

"哎呀,竹原君,你是一时心血来潮做出这种决定的吗?"

"实在对不起了,"竹原赔起礼来了,"是我太冒失了,不该擅自先入为主了……"

"不,正如你所说,堂屋早晚也要卖掉的。"

"到那时候,购买堂屋的买主一定很在意厢房里住的是什么人。说是厢房,同在一所宅子里,说话其实都能听见,到头来,堂屋也许很难脱手。如果我买下厢房,等你卖堂屋时,就可以一并转让……"

"哦……"

"你若想卖,那么与其卖掉厢房,不如把新宿区四谷见附那块烧过的荒地卖掉怎么样?那里只剩下围墙了,还长满了杂草。"

"嗯。可我想在那里为品子建一座舞蹈研究所。将来……"

竹原本想指出,在那里建舞蹈研究所的可能性很小,但他没有说出口。

"不一定选那里,到时可以找更好的地方啊。"

"倒也可以,不过那块土地藏着我和品子的舞蹈梦想,我年轻的时候,品子小时候的舞蹈灵魂就在那个地方。在那里,我总能看到各种舞蹈的幻景。那块土地我不能交给别人。"

"是吗?那么,别单卖厢房,干脆把北镰仓的宅基地都卖掉,在四谷见附建一间带住宅的研究所,怎么样?这是可以办到的。以我现在的工作收入,多少可以帮你一点。"

"丈夫根本不会答应的。"

"这就要看波子夫人你的决心了。要是不狠狠心，研究所是建不起来的。我认为，现在就是个机会。前人栽树，后人乘凉，光靠吃老本，终究不是个办法。听说好多人苦于没有便利的排练场，要是趁现在建起一间漂亮的研究所，也可以供给其他舞蹈家使用，这样不是对品子更有利吗？"

"他不会答应的，"波子无力地说，"即便对矢木说了，他肯定也会想得很多很多。我以前真的认为他是个思虑周全的人，可实际上，他都是一边在口头上应和着，一边在心里打自己的小算盘。"

"怎么会呢……"

"我就是这么看的。"

竹原看向波子，波子也瞧着他。

"不过，我觉得竹原君你也很奇怪呢。不管和你商量什么，你都是立即下结论，一点都不会困惑。"

"是吗？或许是因为我对你没有私心，要不就是因为我是个俗人。"

波子的眼睛死死盯着竹原的面孔。

"竹原君，我问你，你买下我家的厢房，究竟要做什么用呢？"

"是啊，干什么用呢？我还没考虑，"竹原半开玩笑地说，"我本来很体面地被矢木先生从那厢房里赶了出去，我要是买下来住进去，或许会试着报复矢木先生吧。但是，矢木先生不会卖给我的。"

"他也许会开动脑筋，卖个好价钱呢。"

"矢木先生不大会斤斤计较，打小算盘始终是波子夫人你的工作啊！"

"可不。"

"但是，正如你所说，矢木先生也许会答应卖给我。他是个绅士，即使心里有妒忌，也不会显示在明面上的，顶多是在梦里想想……要是不卖给我，人家会说他是在吃醋，矢木先生不会希望这种事发生的。但是，你们之间究竟有没有嫉妒呢？你们都尽量不让对方发现相关迹象，这在别人眼里，总显得有些阴森可怖，多像暴风雨前夕的寂静啊！"

波子没有吭声，她的心底燃起了一团冰冷的

火焰。

"我并不是早有企图,才说要买下你家的厢房。我只不过想常在那间厢房里露露面,叫矢木先生看了难受,这也是挺有意思的事。我要剥掉矢木先生那张伪君子的皮……不过,比起矢木先生的妒忌来,我更担心的是会首先苦了波子夫人你。不过,对于我自己来说,这回又要出现在你们身边,我心里也不会平静吧。"

"竹原君不管在哪里,我都一样受苦。"

"因为我而受苦吗?"

"是有这方面的苦恼,也有另外的苦恼。刚才提到的卖宅子,建舞蹈研究所,这些对女儿都很好,可高男怎么办?高男是个模仿能力强的孩子,渐渐学得和他父亲一样了。尽管站在高男的角度,也没什么奇怪。我一味偏袒品子,让她学习芭蕾,高男就会陷在姐姐的阴影中……"

"这倒也是,这一点要注意。"

"另外,经纪人沼田还在拼命离间我们四个人的关系,就连我和品子之间的母女私事,他也插手……他还要耍弄我,企图把我们一家四口搞得四分五裂,然后一口吃掉品子。"

那边河岸上的柳荫里也立着一块牌子:

爱护河鱼。

也许是窗内灯光十分明亮的缘故,总司令部大楼对岸的松影和这边的一排柳荫,在这一带的河水里映得更清晰些。窗内的迷离灯火照射着对岸石崖的一角,可以看到正在石崖上幽会的男子口中香烟冒出的火光。

"好可怕,那、那路上刚开过去的车子里,是不是坐着矢木?"

波子的双肩突然紧紧缩了起来。

一

母女・父子

矢木元男领着儿子高男，走出上野博物馆。

矢木来到石砌的大门中央，停住了脚步。他来参观古代美术展览，眼睛看得倦了，便悠然望向公园的树木，若无其事地伫立不动。不但各种古代美术品已经留在他脑海里，自然界也使他感到身心愉悦。他咧着嘴角，一派轻松地眺望着公园。高男则站在一旁，看着他的父亲。父子二人十分相像，儿子只是比父亲矮一点，瘦一些。

二十天没见父亲了，高男盯着他，觉得自己的父亲很神气。

二人是在雕刻陈列室碰到的。当时，矢木正从二楼下来，一进雕刻陈列室，就看见高男站在兴福寺的沙羯罗像前。未等矢木走近，高男便回过头来，发现是父亲，又不好意思起来。

"您回来啦？"

"啊，回来了，"矢木点着头，"怎么回事？想不到在这里见到啦。"

"我是来迎您的。"

"迎我？你早知道我会来这里吗？"

"您在信上说，会和博物馆的人一同坐夜班车回来，所以我想您大概不会直接回家，很可能顺便来这里。不过，我已经在家等了一上午了……"

"是吗？谢谢你了。信什么时候到的？"

"今天早晨……"

"正巧赶上啦？"

"不过，今天是姐姐的排练日，信送来之前，妈妈也和姐姐一起出去了，她们俩都不知道爸爸要回来。"

"是吗？"

二人都不想和对方面对面说话，只是各自望着沙羯罗像。

"我估计爸爸要来博物馆，可是，会在博物

馆的哪里碰见爸爸呢？我一直在琢磨，"高男说，"于是最后决定在沙羯罗和须菩提这里等着，这个主意不错吧？"

"嗯，真是个好主意。"

"爸爸每次来博物馆，最后必定要到兴福寺的须菩提和沙羯罗这里站上一会儿吧？"

"是的。在这里，头脑会变得更清醒，心中的阴霾和污浊、身上的疲劳和隐痛也会被一扫而光，总能感到一种说不出的温馨。"

"沙羯罗长着一张娃娃脸，却总是皱着眉头，这一点有点像姐姐和妈妈，是不是？"

矢木听了，摇了摇头。之所以摇头，是因为他觉得这话太荒唐，但他又立即神情和悦地说：

"是有那么一点像。高男你能看出妈妈和品子像天平时代[1]的佛，也很了不起。要是跟她们讲讲，她们也会变得温柔一点的。但是，沙羯罗不是女人。女人没有他那样的脸庞。沙羯罗是个少年啊，

---

1 天平为圣武天皇在位时（724—749）的年号。

是东方的神圣少年!他凛然而立,使人意识到,在天平时代的国都奈良,也有这样的少年。须菩提也是一样。"

"是啊,"高男应和着,"我等爸爸的时候,在沙羯罗像和须菩提像前站了好久,渐渐觉得,他们的表情有些悲哀……"

"唔,这两尊都是干漆像,干漆这种材料,更适合用来对雕像进行抒情上的处理。所以天真少年像里,也含有日本的哀愁。"

"姐姐的眼睛经常一闪一闪的,又时时蹙着眉,就像这雕像,眼神里含着悲哀。"

"是的。使眉根产生皱起来的效果,是佛像的一种雕刻手法。这位沙羯罗的伙伴——八部众[1]之一的阿修罗像,以及与须菩提同为释迦十大弟子的其他尊者的造像里,也有好几尊是蹙着眉的。虽然这尊沙羯罗像被雕成可爱的少年形态,但他是八大龙王之一,也就是真正的龙。他具有护持

---

1 八部众为佛教用语,指守护佛教的异形之神,又称"天龙八部"。

佛法的巨大威力，是水之三。这尊像也在显示这种力量，你看那盘绕在少年肩膀上的蛇，在少年的头顶上，高扬着镰刀形的颈项。尽管如此，他的造型仍更接近人，看上去非常和善、亲切，总会使你想起某个人来。这尊雕像虽然看上去很写实，但其实仍然是永恒理想的象征——天真可爱的神态之中，显现着清净无边的大度，含蕴着深沉宁静的力的跃动。很遗憾，在智慧的深度上，家中的女人们是不能与之比拟的。"

两人从沙羯罗像前走开，来到须菩提像前，这尊须菩提更像是神态自若地站在那儿。沙羯罗高五尺一寸五分，须菩提则高四尺八寸五分。须菩提浑身披袈裟，右手攥着左边的袖口，脚上套着板金刚靴子，神色肃穆，稍显孤清，沉静地立在石基上。那熟悉的光头和清净、平和的娃娃脸，拥有能永远促人怀恋的神情。

矢木默默从须菩提像前离开，来到大门口。凸露在大门外的高大石柱，成为将博物馆前院和上野公园裱在里面的坚实有力的画框。在高男眼里，父亲作为一个日本人，站在石砌大门正中的大理石砖地上，看上去很神奇，一点都不寒酸。

"在京都，很幸运地接连遇上了考古学会和美术史学会的学术活动，两个活动我都出席了。"说着，矢木悠悠拢起一头略长的头发，戴上了帽子。虽然两个活动都出席了，但他其实只看了活动中的私人藏品展览。

矢木既不是专业的考古学家，也不是美术史学家。虽然他也把考古学样品当作古美术品欣赏，但是，他大学的专业是日本文学，是一位日本文学史专家。战争期间，他写了一本书，题目叫作《吉野朝的文学》，后来，这本书被他当作学位论文，提交给了请他来开设讲座的一所私立大学。

南朝之人战败后，一边在吉野山等地流浪，一边捍卫王朝传统，并将其发扬光大——这本书对南朝之人憧憬的文学，以及他们的历史进行了考察。在研究南朝天皇们的"源氏物语"的过程中，矢木的笔不知不觉竟注满了泪水。他参观了北畠亲房[1]的故居，沿着《李花集》作者宗良亲王[2]流浪的足迹，一直走到信浓[3]。他在书中写道，圣德太子所在的飞鸟时代，足利义政所在的东山时代等自不必说，圣武天皇所在的天平时代，和藤原道长所在的王朝时代，也绝非和平的时代，在争斗的潮流里，也有美的浪花在飞扬。他看到了藤原时代的黑暗，这是研读原胜郎博士《日本中世史》等书的结果。

矢木眼下正在创作研究"美女佛"的文章，大多也是因为受到矢代幸雄博士所著《日本美术的特质》等美学书籍的指引。他想用《东洋的美神》作为标题，但这样做就好像在照搬矢代博士了。而且，较之"神"，矢木其实更想使用"佛"。他因日本战败而饱受苦难，在使用日本的"神"这一点上，他还是带着一些羞愧的。《吉野朝的文

---

[1] 北畠亲房（1293—1354），日本南北朝时代的公卿、思想家。
[2] 宗良亲王（1311—1385），日本南北朝时代的歌人、后醍醐天皇之子。
[3] 古国名，又名信州，今日本长野县一带。

学》如今也变成了伤悼战争失败的一本书。当然，在日本的美学传统中，还是将皇室当作"神"看待的。

矢木的研究对象以观音菩萨为主。除观音菩萨之外，他还将弥勒佛、药师佛、普贤菩萨、吉祥天女等这些充满女性特征的美丽形像，无所顾忌地添加进来，试图从这些佛像、佛画中，摄取日本人的心灵和美质。

矢木既不是佛教学者，也不是美术史家，所以他对这些领域的了解是肤浅的。但是，关于"美女佛"的研究将成为一种别样风格的日本文学论，他认为，如果当作文学论来写，自己还是可以完成的，毕竟身为日本文学学者，自己这方面的知识还算深广。他原来是个穷苦书生，和波子结婚的时候，他连广受女学生喜爱的中宫寺观音像都不知道，也没有去过供奉弥勒佛像的京都广隆寺。他不看芜村的绘画，只学习芜村的俳句。他虽然毕业于大学的日本文学专业，但直到结婚的时候，他有关日本文学的修养比当时还是女学生的波子还少。

"名古屋的德川家发现了《源氏物语》的绘卷,您可以去看看。"

那次,波子这样说罢,就喊婆子把盘缠拿来,因为她的钱都由婆子管理。矢木当时又惭愧,又悔恨,此种情绪刻骨铭心。这座博物馆也有南画(文人画)名作展出,其中当然有芜村的作品。过去,矢木只知芜村作俳句,而不知其亦作画。

"二楼的南画看了吗?"矢木问高男。

"看了,不过只是走马观花。我一直记挂着爸爸什么时候会到佛像那里去,所以,别的都没好好看……"

"是吗?太可惜啦。我接下来还要赴约,已经没时间了。"

矢木给高男看了看他口袋里的钟表,这是一只伦敦史密斯公司生产的古老银质表,稍稍摁一下边缘的轴,表就会响三次,接着再响两次,每次两声,这两声各表示一刻钟。所以,根据声音可以判断,现在大约是三点半。

"这表要是送给宫城道雄[1]那样的瞎子,那他用起来该有多方便啊。"

矢木经常这么说,因为这是供摸黑赶夜路时,或半夜在床上醒来时使用的表,现在他也带上了这只怀中闹表。高男也曾听父亲说过这样的趣事——每逢出席谁的著作出版纪念会,有人长篇大论讲个没完的时候,矢木口袋里的闹表就会丁零零地响,实在很有意思。

现在,高男又听到父亲胸前的口袋里响起了八音盒般稚拙的声音,正是闹表在响。一听到这种声音,高男就感到,能见到父亲真是件高兴的事。

"本来以为您这就要回家的,还要去别的地方吗?"

"哎,因为刚刚在夜班车上睡得很好嘛,高男你也一起来吧。教科书出版社的总编辑要来找我,他想把我关于平安时代文学和佛教美术交流方面

---

[1] 宫城道雄(1894—1956),筝曲演奏家、作曲家。

的文章,收入语文教科书。这次他肯定想跟我商量,希望删去过于专业的内容,使文章成为通俗的美文,还想放进一些插图。"

矢木走下大门的石阶,眺望着鹅掌楸树树叶飘落的情景。鹅掌楸树的树叶和槲树的叶子一样大,石门附近只有一棵,伟岸笔直,叶色深黄,像一位年老的国王般,静静矗立在广阔的庭院中。

"我的文章即便删去主要部分,也依旧能让人体味到藤原美术的韵味,对于学习藤原文学的学生,还是大有助益的,"矢木又问道,"你觉得芜村的画怎么样?因为你也不怎么看他的画,只是通过国语教科书学习过他的俳句……"

"是的。我喜欢的是华山[1]。"

"渡边华山,是吗?不管怎么说,南画方面,大雅[2]是伟大的天才,至于华山,如今在年轻人中

---

[1] 渡边华山(1793—1841),江户时代末期的画家、兰学学者。
[2] 指池大雅(1723—1767),江户时代中期的南画画家,同与谢芜村并称为日本南画集大成者。

间比较受欢迎……那个时代，华山凭借强烈的好奇心汲取西洋美术之精髓，并且致力于革新南画的使命……"

矢木走出博物馆正门，说道：

"啊，还要见一见沼田，就是品子的那个经纪人……"

二人乘中央线电车到四谷见附站，打算穿过马路朝着圣依纳爵教堂[1]的方向走。等待车流通过时，高男震颤着眉毛说道：

"我非常讨厌那个经纪人。下次他要是再对妈妈和姐姐鬼鬼祟祟的，我就和他决一死战！"

"决斗，太激烈啦。"

矢木和蔼地微笑起来，他想，这也许是现下青年们常说的流行语，或许也是高男性格的一种展露吧？想到这里，他望向儿子的脸。

"真的，对待那种人，就得跟他拼个你死我活，否则谁受得了！"

---

1 圣依纳爵教堂，俗称麴町教堂，与上智大学相邻，现为东京著名旅游景点。

"对方是个蹩脚的人,你就要用蹩脚的方法对付他吗?你自己的生命才是宝贵的呀!沼田很胖,块头又大,凭你那瘦小的臂膀,就算再挥上去把小刀,也是根本戳不透他的。"父亲笑着说。

"那就用这一手。"高男做了个用手枪瞄准的动作。

"高男,你有手枪吗?"

"没有,不过,那东西可以随时找朋友借呀。"

儿子不经意的回答,惹得矢木打了个寒噤。高男喜欢模仿父亲,人很老实。不过,他内心也藏有继承自母亲性格的暴烈的一面,有时会病态地燃烧起来。

"爸爸,过去吧。"高男急急说了一句,接着便从新宿方向驶来的出租车前穿了过去。

女学生们穿着制服,微微低着头,两人或四人一组,走进圣依纳爵教堂。与教堂一条马路之隔的正是双叶学院,女学生们也许刚刚放学,正要前去祈祷。

矢木走在城外护城河土堤的阴影里,望向教

堂的墙壁。

"教堂的新墙壁上也印着古松的影子啊。"他沉静地说。

"去年,方济各的得力部下来过这座教堂。四百年前的教宗方济各到过京都,他也曾在林荫道的日本松影里走过吧,就算是足利义辉将军,在战乱时期的京都街巷也只能东躲西藏。虽然方济各一心想拜见天皇,但还是无法获得许可,他只在京都住了十一天,就回平户去了。"

夕阳里松影摇曳的墙壁,是淡淡的桃红色。

相邻的上智大学的红砖墙上,也洒满了阳光。他们进入前面的幸田屋旅馆,被人引到里面的房间。

"怎么样,很清静吧?这座建筑在改作旅馆之前,是富贵人家的宅邸,这个房间则是茶室。那位获得诺贝尔奖的汤川[1]博士乘飞机从美国回来时,

---

1 汤川秀树(1907—1981),理论物理学家。京都帝国大学(现京都大学)教授,1949年获诺贝尔物理学奖,是第一位获得诺贝尔奖的日本人。

以及后来乘飞机去美国时,也在这里住过。游泳运动员古桥[1]等人,来往于美国和日本时,也都在这里寄宿过。"

"妈妈不也是经常来这里吗?"高男说道。

汤川博士和古桥选手,是日本战败后的荣耀和希望。矢木认为,这一次造访这些肩负众望的人物在奔波于日美两国期间住过的地方,一定会成为高男这个青年学生永恒的宝贵记忆,可高男并没有那样的感觉。

矢木接着说:

"刚刚我们走来的时候,不是看到一个大房间吗?那里是由两间房打通的,曾充当汤川博士的会客厅。因为各种人物源源不断地涌来,店家便想着尽量不引他们到博士的卧室来。可好多报社的摄影记者,不知悄悄躲在院子的哪里,想偷拍他的生活照,使汤川博士没有丝毫放松的时间。为了不让记者进来,这里的两个女佣,日夜都在

---

[1] 古桥广之进(1928—2009),游泳运动员、教练。曾连续打破自由泳世界纪录,引退后担任日本游泳协会会长等职。

院子两头站岗，被蚊子叮得好苦，当时可是夏天啊！"

矢木望着院子。这座庭院只种竹子，种有大名竹、布袋竹、寒竹、四方竹等，所以这个房间又叫"竹之间"，房间的棚顶也是由熏成黑褐色的竹子编好吊起来的。站在庭院一角，可以看见五谷神社通红的鸟居。

"汤川博士来这里的时候，旅馆老板娘正病着呢。但她想到，博士阔别日本已久，必要好好招待，于是带病细心关照。她吩咐用人焚上好香，伺候好牵牛花使之盛开，又说要是树上有蝉鸣该多好……"

"哈……"

"要让他们听蝉叫，这太有意思啦。"

"哈。"

不过，高男从前也听母亲讲过这件事，父亲似乎是打母亲那里现学现卖，他并不觉得多有意思，于是环顾屋内。

"房间很好嘛，妈妈现在也经常来吧？好排场呀!"

矢木背倚吉野原木制成的、凹凸不平的壁龛厢柱,放松地坐着,点点头说:

"当时好像有蝉在鸣叫,汤川博士一直很喜欢和歌,于是作了一首短歌——"

> 我来东京此旅馆
> 独立园中听鸣蝉
> 入住"竹之间"
> 满怀惆怅思无限
> 凉月轻风照无眠

他继续先前的话题,想阻止高男说下去。后来的晚饭,结账时也都记在波子头上。这阵子,就连这些事情,高男都似乎要怪罪父亲。

矢木轻声说道:

"你母亲和这里的老板娘关系很亲密,咳,就像朋友一样。而且,品子要登台,也得请人家多帮忙啊!"

教科书出版社的总编辑到了。矢木请他们在看文章之前,先看看有关藤原时代佛教美术的照片。

"这些照片都是我挑选的,其中有着我的看法。"

矢木把一张张照片摆上桌面——和歌山县高野山金刚峰寺的《阿弥陀圣众来迎图》、京都净琉璃寺的吉祥天女、博物馆的普贤菩萨、京都金光明四天王教王护国寺的水天神、岩手县中尊寺的一字金轮佛顶,还有大阪观心寺的如意轮观音等……他刚要加以说明,转而却先说了一句:

"好嘞,好嘞,先讨一口薄茶喝吧,瞧我这京都癖也跟着犯啦……"接着,他拿起观心寺的秘佛——如意轮观音的照片,"关于佛,清少纳言也在《枕草子》里提到过:'如意轮忧虑人心,支颐而坐,未知此世,哀伤羞愧……'她抓住了一种感觉,这一点,我的文章里也引用了……"

矢木这话,既不像是对总编辑说的,也不像是对高男说的。

"刚才在博物馆,不是看到了沙羯罗和须菩

提吗？那种清纯的写实风格上，不但具有奈良时代的人情味，还进一步叠加了藤原时代的人情味，因而更加艳丽而娇媚，充满肌肤的温馨之感，更具现世性。尽管如此，其神秘感也没有消失。神秘是女人美艳的最高象征。参拜这些佛像，不禁让人联想到，藤原时代的秘教近乎一种女性崇拜。虽然奈良药师寺的《吉祥天女图》和京都净琉璃寺的很相似，但比较之下，依然能深刻地发现奈良风格和藤原风格的差别。"

这一次，矢木明显是对高男说的。他把文件包拉到身边，取出净琉璃寺的吉祥天女和观心寺的如意轮观音的彩色照片来。从照片上可以明显看出，两尊雕像的色彩都完好地保存下来了，他劝总编辑将这两张照片套色印制在语文教材的卷首。

"是啊，能和先生的大作互相映衬，真是太好啦。"

"不，我还不知道是否真的要用，我那文章充满了过于华丽且不成熟的措辞……用不用暂且不谈，但我希望日本的语文教材卷首可以印上一张佛像，这不仅因为西洋教科书上印着圣母马利亚的画像……"

"先生的大作当然是要用的，所以才这般厚着脸皮前来求您了。不过，这两尊佛像都太有名了，现在的学生是不是基本都见过呢？"总编辑有点犹豫，"插入先生正文中的照片，就按照先生的意思办，至于……"

"先不说我的文章，我还是希望卷首能印佛像，离开了日本美的传统，日本语就没有意义。"

"正是出于这种目的，请务必让我们允许收录先生的论文……"

"谈不上什么论文……"矢木又从文件包里抽出几页剪下的杂志交给总编辑，"这是回来时在夜班车上修改过的，删去了啰唆的部分，请您回去后看看能不能编进教材。"

说罢，矢木呷了一口薄茶。这时，女佣来通传，说沼田到了。然而矢木并没有抬头，只是将茶碗翻转过来，细看了起来。

"请他进来吧。"

沼田穿着深蓝色的双排扣上衣,一副恭恭敬敬的样子,他的肚子腆出去老远,似乎连作一下揖都很困难。

"啊,先生,您回来啦。这回可恭喜您家小姐啦!"

"呀,谢谢。波子和品子有劳你费心了……"

沼田连说"恭喜"时,用的都是在后台对舞台上的人说话的语气,那么这一次的"恭喜",是指品子的哪一次表演?在京都的这段时间,矢木对女儿在哪里跳了什么舞一概不知,所以他只好静静地旋转着眼前的茶碗,仔细观看。

"这只茶碗也是个美人呢。今后天冷的时候,用这和美女般的热乎乎的志野瓷茶碗,实在是好啊!"

"就是波子夫人呀,先生,"沼田不苟言笑地说道,"先生,按说您这次去京都,也遇到名品大甩卖了吧?"

"哎呀,我对清仓减价的东西不感兴趣,很厌恶，也不喜欢古董。"

"有些名品就等着先生挑呢……是啊，就算是便宜货，里面也会有等待先生慧眼的名品正闪闪发光呢。"

"哦，不会有的。"

"是的，当然不会常有。像品子小姐这样的名品，没个十年二十年，哪儿能一下子发现呢？先生，最近我呀，一直想把小姐当作名品，这件名品已经逐渐发出光亮，辉煌起来。不久之后，妇女杂志要出新年专刊了，您瞧着吧，为了把小姐的照片推到首页，我想尽了办法，终于成功了。她可是明年最值得期待的新星啊！往后芭蕾也会越来越流行的……"

"谢谢。不过，不可勉强，硬是把品子当作商品对待，就会……"

"先生，这个不用担心，有她母亲跟着呢……"沼田冷不丁地说道，"她名字叫品子，也为了便于引申出名品之义。我会尽快让您看到新年专刊上的照片。"

"是吗……？提起首页的照片，我们刚刚也正好谈到这个。"

矢木把沼田介绍给教科书出版社的总编辑北见。这时，女佣走进来，请他们在用餐之前先入浴。沼田和北见两人都说担心会感冒，谢绝了。

"好吧，那我就失陪了，得洗一洗一路坐夜班车积攒的污垢。高男不去吗？"

高男跟着矢木进入浴场，矢木看到一只体重计，便问道：

"高男，你的体重是多少？看你瘦了好多！"

高男赤裸着身子，一跃而上。

"四十八九公斤，正好……"

"太轻啦！"

"爸爸呢？"

"来……"

矢木和高男调换了位置。

"五十六公斤。这几年一直没变。"

父子二人光着白皙的身子，面对面站在体重计前。高男忽然觉得很不好意思，便哭丧着脸走开了。

一进长州浴池[1]，两人的肌肤就紧贴在一起。高男先去冲洗，边洗脚边说：

"爸爸，沼田纠缠妈妈好长时间了，这次您还许他继续纠缠姐姐吗？"

矢木则枕着浴缸的边缘，双眼紧闭。没有听到回答，高男便抬头看向父亲，他注意到，父亲那长长的头发，虽然还很黑，但头顶中间处已经稀薄了，前额也越露越高。

"怎么回事？爸爸为何要见沼田？为什么一从京都回来就……"高男本来想说"家也不回就"，还想说"沼田一向不把爸爸放在眼里"。

"我去接爸爸，在博物馆见到了您，很是高兴。可爸爸却叫了沼田来，真的很扫兴啊！"

"唔……"

"我从小就觉得妈妈会被沼田夺走，我恨他，经常做差点被他杀死的噩梦，梦里一直在被他追

---
[1] 池边镶嵌耐火砖的圆形浴池。

赶,这些我都没有忘记啊!"

"嗯。"

"姐姐和妈妈都跳芭蕾,都被沼田缠住不放……"

"不是这么回事,这个嘛,高男,你的看法太偏激了。"

"不,爸爸心里不是也很清楚吗?沼田为了讨妈妈的欢心,是如何捧姐姐的……姐姐思恋香山先生,这也是沼田的计策使然啊!"

"香山?"矢木在水里重新坐正,"香山君现在怎么样,高男你知道吗?"

"不知道,最近看不到他的名字出现,应该是不再跳芭蕾了,说不定缩回伊豆去啦。"

"是吗?关于香山君的事,我也想问问沼田。"

"香山先生的事,直接问姐姐不是更好吗?也可以问妈妈……"

"唔……"

"爸爸不冲澡吗?"高男进入浴缸。

"啊,懒得动呀。"矢木给高男腾出了地方。

"今天在学校里怎么样?"

"只上了两个小时课。不过,这样真可以算是在上大学吗?"

"虽说是大学,但其实是新学制,相当于原来的高中级别。"

"让我去工作吧。"

"这个嘛……躺在浴缸里,不谈这些费力气的事儿。"矢木笑着出了浴缸,开始揩拭身子。

"我说高男,你有时对别人要求太高啦。比如对沼田,有时可以要求他,有时就不能那样。"

"是吗?对妈妈和姐姐也是这样吗?"

"说什么呢?"矢木制止了高男,不让他继续说下去。

两人回到"竹之间",沼田抬头望向矢木。

"先生这位'茶碗美人',和我相伴了一会儿呢。实际上,先生,这里的教堂是圣依纳爵教堂吗?我刚才顺便到里面瞅了瞅。不过,出了天主教堂就喝上了薄茶,这……"

"是吗?但是,天主教和薄茶过去也是有因缘的。例如，织部灯笼又叫切支丹[1]灯笼，"矢木说着坐下来，"灯柱上还按照古田织部[2]的个人喜好，刻着怀抱耶稣的圣母马利亚像；又例如，切支丹大名高山右近做的茶勺上，铭刻着'花十'，读作'苊库鲁思[3]'。"

"苊库鲁思……很好听呢。"

"高山右近等人，喜欢坐在茶室里，向切支丹之神祈祷。茶道的清净调和使得气质高雅的右近成为爱主、寻求主的美的引路人，这种颇有趣味的事，也被外国传教士记下来了。天主教进入日本的时候，茶道也在诸多大名和堺市的商人之间广受欢迎，所以点茶之时，传教士也经常被请去，大家一起跪坐在茶席上，向主祈祷，献上感谢之情。传教士们寄回本国的传道报告里，详细记述了茶道的流程，甚至谈到了茶器的价格……"

---

1 日语中表示基督徒的汉字词，音译自葡萄牙语。
2 古田织部（1544—1615），江户时代的茶人，在陶艺方面也颇有建树，为织部瓷创始人。
3 即'cruz'，葡萄牙语，意为"十字架"。

"原来如此……最近天主教和茶道又盛行了起来。波子夫人说,先生居住的北镰仓是关东的茶之都。"

"是啊。去年,跟着方济各的得力部下来到京都的某大司教被邀请到茶会上,看到点茶和弥撒在流程上有好多相似之处,十分惊讶。"

"哈……跳日本舞的吾妻德穗[1],也是天主教信徒,他这回即将表演舞蹈《长崎踏绘[2]》,先生觉得怎么样?想去看看吗?"

"是吗?是在长崎吗?"

"应该是。"

"《长崎踏绘》一舞,模仿的应该是过去殉教的天主教徒。如今,一颗原子弹就把浦上天主教堂[3]化为灰烬,长崎死了八万人,其中三万人应该

---

[1] 吾妻德穗(1909—1998),日本著名舞蹈家,以华丽的舞台风格为人所知。

[2] 踏绘这一行为,有背弃基督教的含义,原本是德川幕府禁止基督教时期的一种仪式,目的是测试舞者是否为基督徒。

[3] 浦上天主教堂,于大正三年(1914)初步建成,曾与后文提到的大浦天主教堂并称为日本两大天主教堂,后毁于长崎的原子弹爆炸,于昭和三十四年(1959)重建。

都是天主教徒……"

矢木说着,看向教科书出版社的总编辑北见,北见则沉默不语。

"那里的圣依纳爵教堂听说是东方第一,但我仍然更喜欢大浦天主教堂,它是最古老的国宝级教堂……彩绘玻璃也很好看。因为远离浦上,没有被原子弹完全破坏。不过我去看的时候,当年受到波及的屋顶依旧破烂。"

开始上菜了,矢木收起摆在桌上的佛像照片,装进了文件包。

"不过,先生仍然是具有佛性的人啊,过去,先生让波子夫人跳的舞蹈《佛手》,就将佛手的千姿百态组合到一起了,十分美好,"沼田盯着矢木的脸,"我想让波子夫人在舞台上重生,先生……现在想想,《佛手》真是一个很好的例子。品子小姐到底还未到波子夫人的年岁,所以没办法将这出舞蹈中宗教的深刻性完完全全地呈现出来。"

沼田还在说着,矢木则冷冷地嘀咕道:

"和日本舞不同,西洋舞是表现青春的舞蹈。"

"青春？也得看如何解释青春啊，波子夫人的青春，是已经过去，还是依然存在？这一点，先生比谁都清楚……"他的语气里略带讽刺，"或者，无论是埋葬波子夫人的青春，还是使她的青春复活，不都取决于先生吗？波子夫人的心是年轻的，这点我也知道。即使是身体，在日本桥那里排练时看起来也……"

矢木转向一旁，给北见斟酒。沼田也含了一口酒。

"波子夫人给女儿做陪练，真是太可惜啦。如果她能站在舞台上，弟子也会迅速增多。这对小姐也有利。母女都是芭蕾之花，既便于宣传，也会有利于卖座。我也跟波子夫人说了，打算拍几张母女同台的照片，结果给她逃掉啦！"

"她还是有自知之明的。"

"她其实没有自知之明。站在舞台上的人，都是……"沼田反唇相讥。

圣依纳爵教堂的钟声传来。

"说真的，今晚承蒙先生盛情邀请，还以为是为商量波子夫人重返舞台之事,所以便兴冲冲地跑来了。"

"唔,是吗……"

"除此之外,我想不出先生还会有什么别的事找我,"沼田眯着他那双本来很大的眼睛,"就让她跳吧,先生!"

"是波子的意思吗?"

"是我的极力鼓动。"

"真难办啊,四十岁女子即使还能跳,时间也会很短暂,最多到下一场战争为止。"

矢木说得很暧昧,之后便和北见总编辑谈起别的事来了。

晚餐的菜单是"八寸料理[1]",主菜是鳘鱼冻、乌鱼子、柿子卷;生鱼片有鲥鱼和贝柱;汤以白色酱汤为底,加入小米和白果;烧烤类有酱烧鲳鱼;蒸煮类有清蒸鹌鹑;凉拌类有山药拌黑蘑;外加一份鲷鱼什锦火锅。

---

1 怀石料理的一种,通常用8寸(约24厘米)的方形杉木平盘盛装。

"先生还在用那块表？不准了吧？"沼田要告辞了，矢木看了看表。

"我的表从来都是一分不差。"矢木扭开了面前的收音机。

《对面三家旁两家》，本月的作者是北条诚……[1]

"和七点的报时一样。"矢木对沼田亮了亮怀表。

下面播报新闻。

沼田关掉了收音机。

"是朝鲜吧？先生。斯大林自己都说，'我是亚洲人'，他是在叫人不要忘记东方啊。"

四人乘一辆汽车离开了幸田屋旅馆，北见总

---

[1] 指1947年至1953年，日本广播协会（NHK）播放的家庭剧，表现了当时新旧思想混杂的社会面貌。

编辑在四谷见附站下了车。车子由赤坂见附站驶到国会议事堂前时,矢木对沼田说:

"刚才你提起波子重返舞台的事,可香山君怎么样了?他能复归吗?"

"香山?您说的是那个废人吗?"沼田摇了摇头。因为太胖了,他的头只能缓缓地稍稍动一下。

"说人家是废人,太残酷了。他现在到底在做什么?"

"他就是个废人啊!作为一名舞蹈家的话。听说他现在在伊豆乡下,做旅游巴士司机。不过这只是风闻,我不清楚。那种抛离俗世的人,我可不想主动提及,"沼田回头看了看,"小姐已经不跟他来往了吧?"

"是这样……"

"不过,对于这种事,没人能那么清楚!"高男没好气地插了一句。

于是沼田冷冷地说道:

"那家伙很叫人头疼,高男君也可以劝一劝嘛。"

"姐姐有她的自由。"

"舞台上的人是没有自由的,尤其是那些前途有望的年轻人……"

"极力促成姐姐和香山先生的,不正是沼田先生吗?"

沼田没有回答。

汽车沿皇居的护城河驶向日比谷。这时,矢木突然像想起什么了似的,说道:

"对了对了,在京都旅馆翻阅杂志时,发现竹原君公司的相机广告,使用了品子的照片。那也是你关照的吗?"

"不,那不是旧照片吗?是竹原先生住在您家厢房时候拍的吧?"

"是吗?"

"竹原先生公司的照相机和望远镜广受好评,生意很红火哩。不知道能不能多让品子小姐去当当照相机的宣传模特呢?"

"那太过分啦。"

"就趁这个机会过分一次嘛。只要波子夫人跟竹原先生说一声……"

"波子不是不和竹原君来往了吗？"

"是吗？"

沼田登时不吭声了。车子绕过日比谷公园后面的一角，向左拐去，驶过皇居的护城河。

波子和竹原乘的出租车，曾在这里出了故障，让波子对当时还身在京都的矢木怕得要命，正是五六天前的事。

沼田在东京站告辞了。矢木带着高男乘上横须贺线电车，直到品川一带，一直沉默不语，接着就睡着了，到达北镰仓时，是高男把他叫醒的。圆觉寺门前的杉林上，悬着月亮。父子二人披着月光，沿着铁道边的小路步行。

"爸爸，您累了吧？"

"啊。"

高男把父亲的文件包换到左手拿着，靠了过来。月台栅栏长长的影子连接着小路，周围房屋篱笆墙的阴影落在铁轨上。

小路依然细长。

"一走到这里，就觉得回到家里了。"

矢木稍微停下脚来。北镰仓的夜，安静得宛如山里的溪谷。

"妈妈怎么样？又说要卖什么东西吗？"

"这些吗？我不知道呀。"

"她不知道我今天回来，是吗？"

"嗯。今早爸爸的信到了，我看是寄给我的，装进口袋就出来了……要是在幸田屋打个电话就好了。"

高男的声音很低沉，矢木则点了点头：

"哦，没关系。"

山脊像伸展过来的一只胳膊，而小路右边这条掘开山脊后建造的隧道就成了一条近路。走在隧道里，高男说：

"爸爸，大伙儿想在东大图书馆前立一座阵亡学生纪念像，学校方面不会同意。见到爸爸后，我本来想告诉您的。雕像已经完成，计划十二月八日举行揭幕式……"

"唔，好像以前也听你说过。"

"阵亡学生的日记集合成的书,目前出版的有《在遥远的山河》和《听吧,海神的声音》,还拍了电影。根据电影里'不可重复海神的声音'的呼吁,我们也想将纪念像命名为'海神的声音',这也和'No More Hiroshima'(不要让广岛事件重演)相通,象征和平,又怀着悲哀和愤怒……"

"唔,那么,学校的意思呢?"

"好像不同意,学校不接受日本阵亡学生纪念会赠送的纪念像……理由是,这种纪念像不光是给东大学生,也是给其他学校的学生和大众观赏的。按照东大的惯例,校园里的纪念像,只限于在学术和教育界取得巨大功绩的人,树立随着时局的变化而变化、带有象征意义的纪念像的初衷和过程都太沉重了。假如再遇到'学徒出阵[1]'这类事情,留这种抵制战争的阵亡学生像在校园里,学校就会处于两难的地步。"

"唔。"

---

[1] "二战"末期,日本政府为补充兵源,迫使20岁以上的男学生入伍、出征。

"但是,把阵亡学生的墓标建在他们灵魂故乡的校园里,我认为是合适的。这种纪念像,牛津大学和哈佛大学里好像都有……"

"啊……阵亡学生的墓标已经建在高男心中了。"

隧道出口处,有水滴从山上落下来。此时,二人听到了华丽的舞曲。

"还在练习呢,每天晚上都排练吗?"

"嗯。我先去通知一声。"

高男说着就跑了过去,快步登上排练场。

"我回来了。爸爸回来啦!"

"爸爸?"

波子正要在排练服外披上一件大衣,突然脸色灰白,整个人几乎要倒下来。

"妈妈,妈妈!"品子抱住了波子,"妈妈,您怎么啦?妈妈!"她抱着母亲,走向墙边的椅子。

波子闭着眼睛,品子坐在她身边的另一把椅子上,母亲的头紧靠在女儿胸前。品子用大衣裹住母亲的身子，左手摸摸母亲的前额。

"冰凉！"

品子穿着黑色紧身连脚裤，脚上套着舞鞋，排练服也是黑色的，两腿全部露在外头，短短的上衣下罩着喇叭形的裙子，波子则穿着白色的紧身裤。

"高男，把唱片机关掉吧……"品子说。

"是被高男吓的呀。"

"我没有吓她，没事吧？"

高男瞅着母亲的脸，又看向姐姐品子。他从姐姐皱着的眉头下的眼睑，联想到兴福寺沙羯罗的眉根，觉得两者果然很相似。

品子一把揪住头发，扎上发带。母女二人都没有搽白粉，因为排练要出汗的。品子兴奋而微带桃红的面颊，因受到惊吓而变得惨白，闪着深沉而澄净的光辉。

波子终于睁开眼来。

"已经没事了，谢谢。"

她想坐起来，被品子一把抱住。

"再躺一会儿吧……喝点葡萄酒吗?"

"不用,给我一杯水。"

"好的。高男,倒杯水来!"

波子用掌心轻轻揉了一下额头和眼睑,坐直身子。

"刚才不停地旋转后,正想做'白鹤展翅'这个动作,高男却突然闯了进来……一阵眩晕,有点轻度贫血。"

"现在好了吧?"品子把母亲的手放到自己胸前,"我也吓得心直跳呢。"

"品子,去接爸爸吧。"

"唉。"

品子瞧着母亲的脸色,接着迅速在排练服外套上一条裤子,穿上毛衣,解下发带,用手指将头发散开。

高男跑开之后,矢木又慢慢逛悠起来。凿出隧道的山脊上,长着一片又细又高的松树,刚才映照圆觉寺杉林的月亮,现在又升到这片松林上空了。

要同沼田决斗的高男,和致力于建起阵亡学生纪念像的高男,二者是统一的,还是分裂的呢?矢木这个父亲开始有些不安,脚步也跟着沉重起来。

矢木现在的家,从前本是波子娘家的别墅,没有大门。入口处一棵矮小的山茶树上,正有花朵开放。

芭蕾排练场位于堂屋和厢房的正中间,是削去后山的岩石后建在上面的,一直高高君临于这座宅第之上。

堂屋和厢房都灯火通明。

"我们家的电好像不要钱啊。"

矢木嘀咕了一句。

一

睡眼蒙眬

矢木从京都回来的第二天,吃早饭时,唯有他面前放着一盘红烧带壳龙虾[1]。

"怎么不吃龙虾呢?"看他没有动筷子,波子问道。

"啊……懒得弄啊。"

"懒得弄?"波子露出怪讶的神色,"我们昨晚都吃过了,这是剩下来的,对不起……"

"唔,懒得剥壳啊。"矢木说着,看了看龙虾。

"品子,帮爸爸剥掉虾壳。" 波子轻轻笑着说。

---

[1] 原文为"伊势海老具足煮",做法是将大龙虾连壳一起剁成几块,放入各种佐料蒸煮,辅以海带、竹笋等配菜。

"唉。"品子用自己筷子的另一头剔出了虾肉。

"真灵巧!"矢木望着女儿的动作。

"吃带壳龙虾,用牙齿嘎嘣嚼碎,那才叫痛快……人家给剥皮,就没味道了吧。好了,全去掉啦。"品子仰起脸来。

矢木的牙齿没有坏到连虾壳也不能嚼碎的程度,况且,即便不用牙嘎嘣嘎嘣地嚼,也可以用筷子挑嘛,连这都懒得动,波子不由得为之一怔,真的是因为上岁数了吗?

烤紫菜,还有矢木从京都带来的高野豆腐烩腐竹,都一起端上了桌。即使不就着龙虾,也可以好好吃完饭。可是,矢木看上去确实怠懒得很。

是隔了好长时间回到家里,身心放松、精神怠惰的缘故吗?矢木看上去萎靡不振。

还是因为昨夜的疲劳之故呢?想到这里,波子感到面庞火烧火燎,便低下了头。然而,此种羞赧只是一闪即过,当她俯首的时候,心底便已经冷了。

她昨晚睡得很好,今早醒来时头脑十分清爽,身子也感觉很灵活。最近的天气忽冷忽热,眼下开始转暖,一大早便是难得的小阳春天气。

由于经常排练芭蕾,运动量很大,波子平时总是很有食欲。可是,今天连早饭的味道和平时似乎都不一样,一注意到这一点,她立即就没有了胃口。

"难得看你穿和服啊。"矢木没发现她有什么异常。

"京都穿和服的人倒是很多啊。"

"那是呀。"

"爸爸,今年秋天东京也时兴穿和服呢。"品子说着,瞧了瞧母亲的和服。

听到这儿,波子对自己也感到害怕起来,自己可能并没有意识到,穿和服也是为了给丈夫看的。

"两三天前,丝绸店老板来说过,战争开始的时候,漆花和扎染的和服很好卖……"

"漆花和扎染的布料可都是高级品啊。"

"全花扎染的和服能卖到五六万呢。"

"哦？你原来的那件，要是等到现在卖就好了，当时太着急啦。"

"旧衣服已经不行了，掉价了，现在便宜得要命……"波子低着眉说。

"是吗？因为现在大家可以自由购买新衣服了嘛，手头宽裕之后，精致的、高级的都出来了，这不就是钻女人爱虚荣的空子吗？"

"唉，之前战争刚开始的时候，漆花和扎染和服就很流行，这回又再次畅销起来……"

"怎么会呢，漆花和扎染和服不可能同战争没关系啊。前一回是战争带来的景气，这一回则是因为战争拖得很久才结束，终于有机会穿了。假如高级和服是战争的前兆，那真是一幅尽显女人之浅薄的漫画啊！"

"男人的装束也大大改变了呀。"

"是啊，可帽子之类，没有好的卖，多半是夏威夷衫风格的，"矢木端起了茶杯，"我喜欢的那顶捷克产的帽子，你当时也没有仔细看一下，就拿到一家马虎的洗衣店去，结果用水洗，丝绒全都糟蹋啦。"

"那是战争刚刚结束的时候……"

"现在想买也没有了。"

"妈妈！"品子叫了一声，"文子来信说……就是我的那个同学，还记得吧？她要参加圣诞节的宴会，想向我借一套晚礼服穿。"

"圣诞节，这么早就开始准备了。"

"文子她真有意思，说什么，她做了有关我的梦……梦见我有很多洋装，她还看到我的衣橱里挂满了一排排淡紫和薄粉的衬衣，足有三十多件……都镶着漂亮的花边。还有一个衣橱，里面挂的尽是裙子，一律白色，有的布料上还有凹凸纹呢。"

"裙子也有三十条？"

"她信上写着：'裙子二一多条，都是新的。'所以她想，既然做了这样的美梦，想必品子真的有好几套晚礼服吧，所以想借穿一下。她说，这是一种梦的启示……"

"可是,梦里不是没出现晚礼服吗?"

"是的,光有衬衣和裙子。因为她看到我穿着各种服装在舞台上跳舞,所以就联想到我的晚礼物也很多。"

"是这样的。"

"我给她回信,说下了台,我根本没衣服可穿。"

波子沉默着点了点头。刚才她还神清气爽,眼下头脑又开始昏昏沉沉,整个人都变得无精打采了。看来,还是昨夜为了欢迎丈夫归来,实在太累了的缘故。想到这里,她觉得很不好意思。有时矢木历经较长期的旅行后归来,当晚她总是会无意义地到处拾掇,不肯就寝。

"波子,波子!"矢木喊道,"你老是洗什么呀?一点钟啦!"

"唉,我洗了您旅行中的脏衣服就来。"

"明天洗不行吗?"

"我不喜欢衣服从包里掏出来时团在一起……明早要是被女佣看到了……"

波子光着身子给丈夫洗内衣,她对自己的姿态,有着一种身为罪人的自觉。

洗澡水已经不热了,但波子仿佛特意要用这不烫不热的水洗,她的下巴冻得直发抖,等换上睡衣照镜子的时候,还是在不停打哆嗦。

"怎么啦?洗了澡,反而感到冷……"矢木不解地说。

这阵子,波子在压抑自己,矢木心里明白,却佯装不知。

波子一时陷入一种虚幻之中,她仿佛受到了丈夫的拷问。然而,与此同时,那种罪人的自觉却淡薄了,接着,自己似乎被一把推开,又被反复摇来摇去。她紧闭着的眼睛里,仿佛出现了一只金轮子,旋转着,鲜红如火。

从前有一次,波子将脸紧靠在丈夫胸口心脏的位置,说道:

"哎,我看到了金轮子,骨碌碌地转呢,眼前立即一片鲜红!难道我要死了吗?这样下去没事吗?

"我是个疯子吗?"

"你不是疯子。"

"不是吗?好可怕呀。您怎么样?和我一样吗?"她紧贴着矢木的耳畔,"哎,快告诉我……"

听到矢木沉静地否定,她哭了起来。

"真的吗?那就好……我真高兴啊!"

"不过,男人不像女人那样。"

"是吗?都怪我。对不起。"

现在,波子每想起那次的问答,就觉得年轻时的自己很可怜,不由得珠泪盈盈。现在她有时也会看到金轮子和一片红色,但不像过去那般反应激烈了。而且,她也不在乎了。

如今,那些已经不是幸福的金轮子了,紧随它们而至的,是揪心的悔恨和屈辱。

"这是最后一次,绝对。"

波子喃喃自语着,为自己开脱。可回想起来,二十多年的岁月里,自己一次都没有明确地拒绝过丈夫,当然,自己也一次都没有主动向他要求过,这是多么奇怪啊!

男女之差,夫妻之别,难道不是这世上最可怕的差别吗?

女人的审慎,女人的羞怯,女人的真诚,都是幽闭于日本亘古不变的因习之中的女子标识吗?

波子一醒过来,就在丈夫的枕边摸索,按了按那只怀表,怀表报时三点,又"丁零、丁零、丁零"响了三回,看来现在是三点四十分到五一五分之间。

高男说,这块怀表的响声像小小的八音盒,矢木也曾说过:"让我想起中国北京人力车上的铃铛。我一直乘坐的车子上,就挂着这种响声清脆的铃铛。北京的人力车车把很长,车子一跑起来,车把前端挂着的铃铛就跟着响,那声音就像从远方传来的。"

这块怀表也是波子娘家父亲的遗物。听到父亲遗物的声音,母亲就会悲戚不已,矢木见了,便便是向她要来了。今天夜里,她从北风的呼啸声中醒来,便想体验一下自己年老的母亲听到这块怀表的响声时，会有怎样一番心情。母亲该多么怀恋丈夫活着的时候，以及枕畔这种亲切的音响啊！

正如高男从怀表的声音里感受到父亲矢木一样，波子也感受到了自己的父亲。

这是在高男出生很早之前，自波子的少女时代就存在的古老怀表。这种响声会勾起高男幼年时代的回忆，作为母亲的波子，也由此想起了自己的童年。她又伸手摸索了一下怀表，这回把它放在了自己的枕头上，使之鸣响。

"丁、丁、丁、丁零、丁零、丁零……"

其后，她听见了后山松林里呼啸的寒风。住宅前高高的杉林里，似乎也有风的声音。黑暗里，她背对着矢木，把手缩在被窝中，双手合十。

"真没出息啊！"

同竹原站在皇居前广场时，波子害怕身在远方的丈夫；昨天晚上，突然听到丈夫归来，竟然害了贫血症，可她暗暗的抵抗，被巧妙地打碎了。现在，她就是为此而合掌，但也不只是为了这个。

因为在她心里，也闪现出一丝对竹原的嫉妒。

刚才，在就寝之前，波子也在嫉妒竹原，她自己都惊讶。对于久在他乡、一夕归来的丈夫，波子并不起疑心，也不嫉妒。这个尚且说得过去，但是作为一个女人，在迎接了丈夫的悔恨之中，没有嫉妒丈夫，却出乎意料地嫉妒起竹原来。这种活生生的嫉妒中，甚至含有令她窒闷的欢乐。

眼下夜半醒来，这种嫉妒又在蠢蠢欲动，波子合掌喃喃自语道：

"对一个未曾见过的人……"她指的是竹原的妻子。

不为别人所见的合掌，是波子跳过舞蹈《佛手》之后养成的习惯。《佛手》始于合掌，终于合掌，合掌穿插在各种佛手形态的舞动过程中，也将臂腕的一系列动作统合了起来。

"……你们之间究竟有没有嫉妒呢？你们都尽量不让对方发现相关的迹象，这在别人眼里，总显得有些阴森可怖。"

听竹原这么一说，波子便闷声不响了。即便

在这时，她的心也还在因嫉妒而震颤不已。不是对丈夫的嫉妒，而依然是对竹原的嫉妒。对于竹原的家庭生活，她总是没办法问得更深，为此她十分心烦意乱。

然而，自己从迎接丈夫归来的夜晚中一觉醒来，却还在嫉妒竹原的妻子，这实在出乎她的意料。矢木在撩拨她的欲情时，也会嫉妒别的男人吗？

"我不是罪人啊，我不是罪人。"波子合掌，心中默念着。

可是，自己这种罪人的自觉，是因为丈夫，还是因为竹原产生的呢？波子并不很清楚。

"晚安，你是怎么躺着的？在什么样的房子里？我没见过，不知道。"

她对远方合掌，向竹原道歉，一颗心也自然飞往他那里。接着，她又睡着了，这种深沉的睡眠，是丈夫带给她的。早晨再醒来时，她头脑清晰，精神焕发，也是丈夫的功劳。

波子起得比平时都晚，早饭也准备得晚了

些。

"爸爸今天上午有课,该走了吧……"高男似乎在催促父亲。

"嗯,好,你先走吧。"

"是吗?我也可以请假……"

"不行。"

高男正要走,矢木叫住他。

"高男,昨晚你说的阵亡学生纪念像,学校那边是担心其展现的思想背景有问题吧?"

品子到厨房帮女佣做事。波子对正在看报的矢木说:

"喝咖啡吗?"

"这个嘛,要是在早饭前,是要喝一杯的。"

"我们今天要去东京排练,也要出去……"

"我知道,今天是'你们'的排练日,"矢木的语气带着几分嘲讽,"呀,出门很久了,今天我想待在家里,好好晒晒太阳。"

位于堂屋和厢房之间的排练场,本来是矢木的书库,兼书斋和日光室,厚厚的窗帘严严实实地遮住了南边一整排的玻璃窗户。重新规划书橱的位置后,这里正好可以做芭蕾排练场。矢木也许是上了年纪,常在和式房间读书写作,他不反对把这里给女儿当排练场用。

不过,矢木说晒晒太阳,就是要待在原来的书库里的意思。见波子迟迟不离开座位,矢木将报纸撂在一旁。

"波子,你见过竹原君了吧?"

"见过了。"波子的语气听上去像被谁揭了短。

"是吗?"矢木一副平静的样子,不经意地说,"竹原君,他还好吗?"

"他很好。"

波子盯着矢木的面孔,无法移开目光。一意识到自己在看哪里,她的眼眶似乎就要涌出泪来,于是她想眨一下眼睛。

"是应该很好呀,望远镜加上照相机,听说竹原君很风光啊!"

"是吗?"波子的嗓音有些沙哑,她清了清喉咙,继续说,"这种事我没听说过……"

"他不会跟波子你谈生意上的事,历来不都是如此吗?"

"嗯。"波子点着头,移开了视线。

波子透过格子门上的玻璃,眺望庭院。杉树的阴影落在地上,那是树梢的影子,从后山下来的三只竹鸡,时而走进树影,时而到太阳底下散步。她的心怦怦直跳,十分紧张,刚刚好不容易平静下来,整个人顿时又僵硬了。可是,她仍感到丈夫的神情中含着温暖的爱怜之情。她望着院子旦的野鸟,说道:

"说不定哪天,也要卖掉厢房,以前竹原君在这旦住过一段时间,我想提前跟他说说……"

"哦,是吗?"矢木陷入了沉默。

矢木的"哦"听起来像在深思熟虑,实际上是在打自己的小算盘——波子想起了以前对竹原说的话。对于眼下这件事,也是一句"哦,是吗",真是有点可笑。可她感到很难受,对竹原说了这么多丈夫的坏话,使她羞愧难当。

"不过，想得还真是周到啊，"矢木笑了，"现在想卖掉厢房，因为竹原君在那里住过，便去找他，求他能够原谅。这份礼仪真是尽到家啦！"

"我不是去求他原谅。"

"唔，对于竹原君，波子你还是余情未了吧？"

波子像被刺了一针。

"啊，好了，厢房的事我不同意，这事等以后再说吧，"矢木反而安慰起她来，"你得走了，否则赶不上排练。"

波子在电车里，茫然四顾。

"妈妈，看可口可乐车！"

听品子这么说，波子向外一看，一辆车厢漆成红色的货车在眼前驶过。快到保土谷站了，长满枯草的山丘上，警察预备队的招募广告十分醒目。

在东京来去，矢木总是乘横须贺线电车的三等车厢。

波子也乘三等车厢，不过有时也乘二等车厢。

她有两种车票：三等月票和二等回数票[1]。品子练舞很辛苦，必须保证舞台上的演出效果，为了使品子不至于太劳累，和品子一起坐车时，波子都会乘二等车厢。登上二等车厢前，她都会不经意地看到三等车厢中混乱的情景，但今天直到品子发现"可口可乐车"前，她都不曾意识到自己乘的是二等车厢。

品子是个少言寡语的姑娘，在电车里不大爱说话。波子把身边的品子也给忘了，她一直在胡思乱想，由自己的身世，想到别人的身世。

波子毕业于一所环境豪华的女校，好多同学都嫁给了名门望族，可这样的家庭大多因战争失败而凋落，这些同学一方面在操持不熟悉的家务的过程中成了中年妇女，另一方面又在旧道德的动摇之中经受了磨炼。像她一样，不指望丈夫，依靠娘家的财产过活的同学也不在少数。但是，这类同学的家庭也往往因此失去了稳定，夫妻之

---

[1] 回数票，指一次性支付十张车票的钱后，便可凭票乘坐十一次的优惠车票。

间也少了和谐。

"每一桩婚姻好像都是非凡的……即使两个平凡的人走到一起,他们的婚姻也会变得非凡起来。"

波子对竹原说的这段话,也包含了她看到这些同学的生活之后的实际感觉。

维护夫妻生活的古老的围墙与基石崩溃了,平凡的外壳破碎了,露出了原本的非凡。

较之自己的不幸,他人的不幸更会引起自己的绝望之感。但波子从中得到的不仅是绝望,她因他人感到震惊,也由此保持了警惕和清醒。

有一个朋友,爱上了丈夫以外的男人,后来同那人分手后,才终于认识到和丈夫结婚时的喜悦。还有一个朋友,因为在外头有个二十多岁的恋人,在丈夫面前的状态也变得年轻多了,同那个年轻的恋人疏远后,对丈夫的态度也冷淡了起来,因而遭到丈夫的怀疑。于是,她又和情人破镜重圆,将从别处汲取的爱的泉水,再次灌注到丈夫身上……不管哪个朋友的丈夫,都没有觉察出妻子的秘密；而在战前，波子的朋友们即使相聚在一块儿，也都不曾谈论过这样的知心话。

电车离开横滨，波子说：

"今早呀，你爸爸瞅着龙虾没有动筷子，是不是在嫌弃那是剩菜呢？"

"不是的。"

"妈妈想起一件事，那时我们刚结婚不久，一次给客人端上点心，客人走后，爸爸就伸手去拿，我六声提醒他，不要吃人家剩下来的东西。爸爸满脸都是奇怪的表情。细想想，分盛给别人的盘子里剩下的点心，总觉得是脏的；而盛在大盘子里的，即使剩下来，感觉也不一样，真奇怪！我们的习惯和礼仪之中，这类事情很多。"

"嗯。不过，龙虾是不同的。爸爸也许只是一时在对妈妈撒娇吧？"

波子在新桥站告别品子，换乘地铁去日本桥的排练场。前年品子进了大泉芭蕾舞团，在团里的研究所上班。波子虽然也教芭蕾，但为了品子的未来，她还是让女儿离开自己身边。

品子经常去日本桥的排练场,在北镰仓的家中,偶尔也代替母亲教课。然而,波子却很少去女儿所在的研究所。大泉芭蕾舞团公演的时候,也尽量不在后台露面。

波子的排练场在一栋小型楼房的地下室。

就像品子说的那样,矢木要求给他剥掉虾壳,也可能是在对她撒娇。

还可以这么考虑吗?波子一边思忖,一边进入地下室。透过玻璃门,她发现助手日立友子正把地图摊在地板上看,于是停住了脚步。

忙碌的友子穿着黑色大衣,大衣的领子是老式剪裁,衣裾也没有开衩。这是品子的旧衣服,因为友子比品子矮,就送给友子穿了,本以为衣裾那里也不会太显眼,但款式看上去依旧极为老旧。

"辛苦啦,真早啊,"波子走进里间,"天冷,还是点上炉子吧。"

"早上好,身子动起来就热了。"

友子似乎有所觉察,脱去了大衣,里面的毛

衣是用旧毛线重新织的，裙子也是品子穿过的。

友子跳起舞来，其姿势和动作比品子更具有一种柔和之美，做波子的陪练有点可惜。波子和品子都劝她和品子一起进大县芭蕾舞团，可她一直表示只想留在波子身边。不仅是为了报恩，友子似乎认为，能为波子尽力，就是自己的幸福。

品子登台演出期间，友子一定会陪在她身边，从化妆到穿衣，把品子照顾得无微不至。友子比品子大三岁，今年二十四了，本来长着一双单眼皮，倦怠的时候也会变成双眼皮。

在煤气炉边，友子接过波子脱去的大衣。今天的友子又变成了双眼皮，波子心想，她是不是边哭边擦的地板呢？

"友子，你心里是有什么不痛快的事吧？"

"哎，以后再说吧，今天就不……"

"是吗？那就等你方便的时候……不过，还是早些说出来的好啊。"

友子点了点头，走到对面，换上了排练服，波子也换上了。两人抓住把杆，开始练下蹲的动作,而友子的状态和平素不太一样。

早晨下了冷雨,这天波子是在家里练习的。整个上午,她都在改品子的旧衣服,准备以后给友子穿。镰仓、大船、逗子一带的少女们,放学后都会来这里排练,一共二十五个人,从小学生到高中生,年龄不同,来的时间也不一样,并不便于分组,她觉得很难教,总是感到徒劳无功。可是,学生源源不断,还是给她带来了些收益的。不过,每逢排练日,当天的晚饭她都会准备得很迟。

"我回来啦!"品子登上排练场,摘掉盘在头上的白色丝绒领巾,"好冷啊,东京昨晚下了雨夹雪,听说一早屋顶和院里的脚踏石都变白了……我是和友子一起回来的。"

"是吗?"

"友子正好路过研究所。"

"老师,晚上好……今天我想来看看您,"友子站在门口,对波子说罢,也向学生打招呼,"晚上好!"

"晚上好!"少女们回应着,她们都认识友子。等到品子走进来,很多女孩的眼睛为之一亮。

"友子,洗个澡,暖暖身子吧,和品子一起去。我这里一会儿就结束了。"波子重新面向少女们,友子则悄悄走到她身后:

"老师,也让我一起练习吧。"

"行吗?那好,你代一下我的班……我去看看你的晚饭就来。"

台阶是在天然的岩盘上凿成的,品子一边从上面走下来,一边小声说:

"妈妈,友子好像有什么心事。今天妈妈没去东京,她显得有些寂寞难耐呢。"

"一个星期前,就感觉她有心事了,今天是来谈心的吧。"

"是什么事?"

"听她说了才能知道呀。"

"再给友子一件我的旧大衣吧。"

"好哇,那就给她吧,"波子又走下两三段台阶,说道,"我对她照顾不周,友子家里虽说只有两个人……"

"她和她妈妈，是吧？友子的妈妈也在工作吧？"

"是的。"

"把她们娘俩接过来照顾，怎么样？"

"没有这么简单的。"

"是吗？回来的电车上，友子神情悲伤地盯着我看。虽说我用领巾紧紧裹着头，可领巾的网眼很大，打网眼里能发现她在看我，可我一直故意装作不知道。"

"我们品子就是这样的人……"

"她一直瞅着我的手呢！"

"是吗？她不是一直觉得你的手生得白嫩吗？"

"不是，我看到她眼里满含悲戚。"

"内心悲伤的人，就会一直盯着美的东西，不信你回头问问友子。"

"这种事，不好问……"品子站住了。

两人下到庭院，院中细雨如丝。

"是一幅什么画来着,是日本的美人画吧,脸画得大大的,头发很漂亮,长长的睫毛,覆盖着乌黑的眸子……"品子停顿了一下,"看到友子的眼睛,我想起了这幅画。"

"是吗?友子的睫毛不怎么密啊。"

"她低眉时……上睫毛的阴影就落在下睫毛上。"

听见练舞的脚步声,波子抬起头来。

"品子你也陪着她吧。"

"是。"品子轻盈地登上被雨淋湿的岩石板道。

晚饭前,品子带着友子去浴场,友子一脱掉大衣,品子就在她身后往她肩膀上又披了另一件大衣。

"套上袖子瞧瞧……"

这时,友子还穿着排练服。

"要是合身,就送给你穿吧。"

友子听了一惊,缩起肩膀。

"哎呀,这怎么行,太不好意思啦。"

"为什么不行?"

"我不能要啊。"

"我已经跟妈妈说好啦。"

品子迅速脱掉衣服,进了浴场,友子紧随其后,抓住浴缸边缘问道:

"矢木先生已经洗过了?"

"你问我爸爸吗?大概洗过了吧。"

"你母亲呢?"

"在厨房。"

"那我先泡澡不太好,只冲冲身子吧。"

"没事的……那样太冷啦。"

"我不怕冷……用水消汗,习惯了。"

"跳完舞也这样吗?"

品子在水里浸得太深了,她甩了甩濡湿的发梢,又用手拧了一下。

"我们家的浴缸太小了,失火烧掉的东京那间研究所,那里的浴场很大,真舒服。小时候我们经常在冲洗间光着身子练舞呢,还记得吗?"

"还记得。"友子应和着品子。突然,她像意识到了什么似的,缩起身子,遮遮掩掩地慌忙进入水池,接着,又用双手捂住了脸。

"等我自己成家立业的时候,要建个大浴场,痛痛快快地洗……那时也许会练练舞什么的。"

"打那时候起,我就很羡慕品子,我的皮肤太黑了呀……"

"黑什么呀,那是很有品位的肤色嘛……"

"哎呀!"

友子羞涩地装成若无其事的样子,拉起品子的手瞧了起来,品子吃了一惊。

"怎么啦?"

"没什么。"友子说着,将品子的一只手放在自己的左手掌心,又用右手捏起品子的指尖来瞧,接着把品子的手翻过来,看着她的掌心,亲切地抚摸了一下,又立即放开了。

"宝贝呀,这是一只属于优雅灵魂的手啊!"

"哪有呀!"品子把手藏进水里。

友子从水里伸出自己的左手,把小手指贴在嘴唇旁边。

"是这样的吧?"

"哎?"

可此时友子早已把手缩进水中。

"在电车上……"

"啊,这样?"品子抬起右手,一时有些迷惑,她用食指和中指的指尖,轻轻触着嘴唇的斜下方。

"这样?这是中宫寺的观音菩萨?还是广隆寺的……"

"不对,不是右手,是左手啊。"友子说。

品子已经用无名指的指尖抵住大拇指的指肚,学起观音或弥勒的手势,脸上的表情也自然而然地被神佛的思维引诱,安详地闭上眼睛,头则微微前倾。

友子不由"啊"地惊叫了一声。刹那间,品子睁开眼来。

"不是右手吗?好奇怪呀,"她看看友子,"广隆寺观音菩萨的手势,和中宫寺的很相像,而那尊御物[1]金铜佛,就是大头的如意轮观音,手指就伸得笔直,像这样。"品子说着,指尖胡乱地抵住下巴右侧。

"这是从妈妈的舞蹈中学来的。"

"这不是佛的姿势,而是品子自然的手势。用左手,这样……"

像刚才一样,友子把左手小指放在嘴唇旁。

"啊,这样……"品子也模仿起来,"佛是用右手,所以人们就用左手了吧。"

品子说笑着出了浴池,友子还留在热水里,说道:

"是啊,人们思考时,多半用左手支撑下巴……回程的电车上,品子你就是这个姿势,显得你手背雪白,手掌微红,嘴唇分外好看。"

"哪有呀!"

"真的,樱桃小嘴,犹如蓓蕾初放。"

"一直都是这样的,自己也没有注意,也许是

---

[1] 指代日本皇室收藏的历代书画等文物。

模仿妈妈舞蹈的姿势吧。"品子低下头,开始洗脚。

"品子,再学一下广隆寺菩萨的手势……"

"这样?"

品子挺着胸脯,闭上眼睛,拇指和无名指围成一个圆,靠近面颊。

"品子,跳下《佛手》吧,然后让我扮演那个进香的飞鸟时代的少女……"

"不行啊,"品子摇着头,停下了模仿菩萨的姿势,"那观音菩萨胸脯平平,没有乳房,他是不是男的?一个没有救助女人愿望的人……"

"是吗?"

"在澡堂里模仿菩萨的姿态,太随便啦,以这种心境,是不能跳《佛手》的。"

"啊!"友子犹如大梦初醒,出了浴池,"我可是认真求你跳的。"

"我也是认真的。"

"虽说是这样,但我还是希望你为我跳一次。"

"好的,等品子我也多少有点佛心之后吧。日本的古典舞蹈也是如此,到了想跳的时候,随时都能跳……"

"不要说什么随时……说不定明天就会死呢。"

"谁明天会死呀?"

"人哪……"

"倒也是,那是没办法的。假如明天会死,就把今天在澡堂里的模仿当作跳了一次《佛手》吧。"

"就这样吧。如果不只是模仿,而是真正跳了一番,那就更好了。哪怕明天就死掉……"

"明天不会死的。"

"说死,只是个比喻。说明天,也是……"

"天有不测风云……"品子说到一半,啜嚅起来,她看向友子,眼前是友子活生生的光裸身体。友子虽然比自己稍稍黑了一点,但在她看来,友子不同身体部位的皮肤或浓或淡,变化微妙,例如,她的脖颈呈淡褐色,而高耸的胸脯自根部至峰顶逐渐变得白皙，心窝处则略显黯淡。

"品子你说菩萨不愿救助女人，这是真心话吗？"友子嘀咕着。

"这个嘛，倒也不是开玩笑啊。"

"带上我一起，咱俩跳一次《佛手》吧……虽然你妈妈的《佛手》是独舞，但加上一个拜佛的飞鸟时代的少女也无妨啊，在曲子上稍做修改的话……"

"如果舞蹈中加入一名拜佛之人，那么菩萨的饰演者确实会跳得比较轻松，可以马虎一些……"

"不能马虎呀……在舞蹈中，我拜的是品子你，我的动作，对于出演菩萨的你，是破坏还是衬托，我对此并没有把握。但是，我要和你一起，拼上性命跳好这出舞蹈，我要请你妈妈做指导……"

品子稍稍被友子慑服了。

"不管怎么安排，被拜者总会觉得很不好意思啊……"

"我倒是很想在舞蹈中拜一拜品子呢,总有一天,这出舞蹈会成为青春时代友谊的遗物……"

"遗物……?"

"是的,它将是我青春的遗物……即便是现在闭上眼睛,脑海里品子的眼眉,就和菩萨的眼眉一样啊,真是好看。"

友子一个劲儿地说着,品子感到,友子最近就要离开妈妈和自己了。

吃过晚饭,友子也到厨房帮忙。这时,波子走过来。

"你爸爸听罢新闻,神情很阴郁。这里一切妥当之后,你们就去品子的厢房待着吧。他的战争恐惧症又发作了……"她小声道,"他说,下次战争里自己就会没命啦。"

品子她们放轻了动作,七点钟的新闻广播结束了。

"厨房里一旦热闹起来,他就心烦,"品子和友子面面相觑,"战争也不是我们发动的……"

二十多万的中国大军,越过国境进入朝鲜,

"联合国军"开始进行总撤退。十一月二十八日,"联合国军"总司令麦克阿瑟发表声明,称其正面临一场新的战争,迅速终结朝鲜战乱的愿望也已被打碎。四五天之前,"联合国军"正逼近中朝边境,即将进入最后的总攻阶段。接下来,形势急转直下,美国总统在十一月三十日的记者招待会上声称,为了对付发生在朝鲜的新危机,必要时将考虑对中国军队使用原子弹;英国首相说,他要到美国和美国总统进行会谈。

二十分钟后,波子来到品子的厢房。

"雨停了,外面还是很冷。友子,你就留宿在这儿吧。"

"嗯,"品子代她回答,"我就是这么想的,才带友子一起回来。"

"是吗?"波子坐到火钵旁,看到放在那里的大衣,"品子,这个决定送给友子了吗?"

"嗯。但是她不肯要。友子说了,战后我只剩三件大衣,她拿去两件就太不像话啦,真是有心……"

"这不算什么呀,"友子打断她的话,"马上就要下雪了,没一件替换的怎么行啊?在后台的时候,不能总穿一件脏兮兮的大衣呀……"

"没关系的,今早我也改了一件旧大衣……"波子喘口气之后,又接着说,

"不过,旧大衣什么的,现在也不顶什么用了。友子,今晚你就说说心里的烦恼吧。"

"好的。"

"只要是我能帮忙的,不论什么事情,我都一定尽力。过去,一切都是你在帮我照料。你在我身边尽心尽力的岁月,是我一生中最为宝贵的时光。这段时间很短,不可能永远持续下去,所以我要更珍惜你,等你结婚了,这段时光就算到头了。

"可是,友子的苦恼不是为了婚姻的事吧。"

友子点点头。

"打小时候起,我就太过仰仗来自别人的亲切好意,只顾享受你的尽心尽力。这一点,我自己也很清楚。所以,我巴望你早点成家,离我而去,

甚至觉得这样更好……"波子看看友子,"你的婚姻、事业和生活,可以说都为我牺牲了,你全心全意地把自己献给了我。"

"什么牺牲,根本谈不上呀……能跟老师形影不离,是我的福气。我受到老师和品子的百般照料,能多少为老师献身,我感到非常幸福啊,只有献身才是我的幸福,对于一副没有信仰的肉体来说……"

"是吗?没有信仰的肉体……"波子重复着友子的话,自己也开始沉思。

"说起来……"品子嘀咕了一声,"战争结束的时候,我十六,那友子十九了吧?按虚岁算的话……"

"虽然你说自己是一副没有信仰的肉体,可你已经向我全力地献出了自己啊……"

波子说罢,友子摇了摇头:

"有些事情我是瞒着老师的。"

"瞒着?什么事呢?是你生活中的烦恼吗?"

友子又摇摇头。波子反复叮问,她就是不肯

回答。

"要是不便对我说,以后也可以告诉品子。"波子说罢不久,就回堂屋去了。

友子和品子二人并排铺好被褥,熄灭枕头旁的灯,友子才告诉品子,她想离开波子,去找工作。

"我早已预料到了。妈妈也说,我们对友子照顾不周,很对不起你,"品子从枕头上转过头来,"可要是这样……"

"不,我们没关系,不是因为我和妈妈的事,"友子支支吾吾的,"孩子生病,没办法呀,孩子的命是无价之宝啊。"

"孩子?"

友子应该没有孩子。

"孩子,谁的孩子?"

友子说,是她喜欢的人的孩子。那人有两个孩子,都得了肺病,住院了。

"夫人呢?"

"夫人身体也不好。"

"他是有妇之夫啊?"品子突然冒出这么尖锐的一句,接着压低声音,"还有孩子?"

"嗯。"

"为了他的孩子,你要去工作?"见黑暗里没有回应,品子又喊了一声,"友子!这也是友子的献身吗?我真不明白,那个人是怎么想的,我也不明白,自己的孩子有病,要你去挣钱看病?"品子越说越激动,"这种人也值得你爱?"

"不是他强迫我去挣钱,是我自愿要去工作的。"

"都是一回事。这人真可怕。"

"不是,品子……孩子的病,是在我喜欢上他之后得的,这是降临到他头上的灾难,还是命中注定?他的事就是我的事啊!"

"可是……他夫人和孩子也要靠你挣钱养活了,这样好吗?"

"他的夫人和孩子,根本不知道我的存在。"

品子的嗓子眼仿佛一下子被堵住了:

"是吗?"她放低声音,"孩子几岁啦?"

"老大是女孩，十二三岁。"

从孩子的年龄可以推算父亲的年龄，品子想，友子的那个相好也快四十岁了吧？

品子睁开眼，沉默着。黑暗里，只听友子移动了一下枕头。

"我要想生孩子早就生了，我可以生个身体结实的孩子……"

这话听起来傻得很，品子觉得友子很不干净，心里有些厌恶。

"我在自言自语，对不起，"友子意识到了品子的排斥，"对品子你说这些，我也很难为情，可要是不说出来，就等于撒谎啊。"

"一开始你就撒谎了呀，友子，为别人的孩子如此尽力，不就是撒谎吗？听你刚才的话……也都是撒谎啊。"

"不是撒谎。虽然不是我的孩子，但那是他的孩子呀。再说，人命关天，他珍爱的，也就是我珍爱的，他的苦恼，也就是我的苦恼。就算这不是什么真正崇高的真实，却也是我个人信赖的真实。要是按照品子你用以谴责我的道德，或懂得可怜自己的那种理性办事，他孩子的病就无法好转了，不是吗？"

"即便病好了，他夫人和孩子一旦知道是你出的钱，又会怎么想呢？他们会来感谢你吗？"

"这样想来想去的，结核杆菌可不会等着。以后，孩子也许会恨我，到时他之所以能恨我，不正是因为他活下来了吗？如今，他为了孩子的病努力拼搏，我也要拼死拼活地助他一臂之力！"

"他可以去拼命干活挣钱嘛！"

"一个老实巴交的职员，到哪里挣大钱去？"

"友子，那你怎么挣钱呢？"

友子说，要到浅草的娱乐场找工作，看上去很难为情。听友子的口气，品子觉察到她要去当脱衣舞女。

友子爱上一个有老婆孩子的男人，为了给他的孩子治病，自愿去跳脱衣舞。这对品子来说，实在不可理喻。她仿佛身处噩梦之中，失去了对善恶的判断能力。她感到茫然，这就是女人爱的献身？抑或牺牲？不管怎么说，友子已经在浅草娱乐场露出了裸体，这就是铁的事实！

她们二人从小互相激励、不断精进，即便在战争中也悄悄坚持的古典芭蕾，如今对友子竟然起到了这样的作用。

品子心里很清楚，不论怎样愤怒地阻止她，或者苦苦哀求她，决心已定的友子都将一概不予理睬，她将沿着自己的路走到底。有一次，品子曾听友子这样说：

"最近大家老是说自由，自由，我也有将自己的自由献给所爱的人的自由。对于我来说，我这样做，就是自由。信仰的自由，不也是有的吗？"

品子当时以为，友子所谓"所爱的人"，指的是母亲波子，看来，当时友子已经爱上那个有妻儿的男人了吧。

今晚洗澡的时候，友子一反常态，在品子面前羞答答的，也许是因为想到自己不久就要去跳脱衣舞了吧？

友子的裸体在品子眼前浮现，友子是否怀过

孩子呢?

翌日早晨,友子醒来,品子已经不在被窝里了。她惊觉自己睡过头了,慌忙拉开挡雨窗。

友子睡在一座长满松树和杉树的小山中。茂密的竹林对面,西边小丘斑驳的松影里,富士山依稀可辨。来自东京废墟的友子,深深吸了一口气,感到有些头晕,便扶着玻璃窗蹲了下来。垂枝樱的枝条垂在她眼前,下面一棵小山茶树上,鲜红的花骨朵娇艳欲滴。

波子走出堂屋,趿拉着木屐站在庭院里。

"早上好。"

"老师,早上好!这里太安静,我睡过头啦。"

"是吗,你没睡好吧?"

"品子她?"

"她一大早摸黑钻到我被窝里,把我吵醒啦。"

友子抬眼看向波子。波子的脸孔至胸脯,都掩在竹叶的阴影里。

"友子,这个……装在你的手提包里……拿去卖掉吧。"波子伸出握着的手,友子一时没有去接。

"是什么呀?"

"戒指。别被看到了,快收起来。今早品子都跟我说啦。这间厢房,我也想卖掉。你也再等一些时候吧。"

友子手里攥着波子塞给她的小戒指盒,眼里溢满泪水,一下子伏在地上。

一

冬天的湖

《天鹅湖》的音乐响起，这段音乐正是出自舞剧第二幕，表现的是天鹅们的舞蹈。

白天鹅公主和王子齐格弗里德悠缓的舞姿之后，是四人舞，接着是双人舞……伏在廊缘上的友子，忽然直起腰来。

"品子？是品子！"友子仿佛被音乐感动了，又有新的泪水流过她的面颊。

"老师，品子一个人在跳呢。昨晚听了我那些可厌的事情，为了驱散心中的阴霾，她才跳起了舞。"

"现在跳的是'四小天鹅舞'吧？是四人舞……"波子应和道，仰望着山岩上的排练。后山松林对面，飘着一片白云，从边缘到中央都透出早晨的阳光。

友子心中，正浮现出浪漫的舞台——月夜的山间湖畔，一群天鹅游到岸边，化作美丽的少女，翩翩起舞。原来是魔鬼罗特巴特施法使一群姑娘化为天鹅，她们只有夜间来到湖畔，才能暂时恢复人形。白天鹅公主和王子为爱情起誓，也是在第二幕，据说，只要不曾恋爱过的年轻人坠入爱河，他们爱的力量就能解除咒语的魔法。

友子本来还在等着第二幕之后的音乐，然而第二幕一结束，排练场就沉寂了下来。

"已经结束了……"友子还沉浸在幻想之中，"希望继续跳下去呢，老师，我只要在这里听到音乐，就好像能看到品子在眼前起舞。"

"是的，友子对品子十分了解，可以说是无所不知啊……"

"嗯，"友子点点头，"可是……"她正要说些什么，又有欢庆节日风格的音乐，像猛然醒来一般响起来了。

"哎呀，《彼得鲁什卡》？"

圣彼得堡，一座广场上的马戏团小屋前，参加狂欢节的人们在跳舞——这张唱片由斯托科夫斯基指挥、费城管弦乐团演奏，胜利唱片公司灌制。

"啊，我想跳，老师，我要去和品子一起跳舞。"友子站起身来，"告别芭蕾……在《彼得鲁什卡》的狂欢节里才最合适啊！"

友子满眼的泪水亮闪闪的，散发着光辉。

波子回到堂屋，屋里只有矢木和她两个人吃早饭，高男一早就上学去了。排练场反复传来《彼得鲁什卡》第四幕的音乐。

"今早这场'节日喧闹'可真是不得了，"矢木说，"完全是'伟大的噪音'。"

《彼得鲁什卡》是四幕的芭蕾舞剧，第一幕和第四幕的背景都是同一座庆祝狂欢节的广场，第四幕临近黄昏，喧闹的人群似潮水涌动，慢慢将舞剧带向最高潮。这张唱片里，第四幕喧闹的节日音乐录了三面[1]。手风琴、铜管乐器和木管乐器

1　疑为指代录制了一张半唱片。

共同描绘出人群拥挤、互相冲撞、喧嚣杂乱的狂热场面；接着是摇晃着摇篮的妇女的舞蹈，牵着熊的农民的舞蹈，吉卜赛人的舞蹈，驾车人和马夫的舞蹈；然后是化装游行队伍的舞蹈。

"伟大的噪音"，这是某人听过《彼得鲁什卡》后的评价。

"不知道品子她们跳的是什么角色啊。"波子也这么说着。

欢庆节日的人们似乎都在即兴跳跃，舞姿热情激烈，令人眼花缭乱。不一会儿，雪片瑟瑟飘落，大街上亮起了灯光，震耳欲聋的欢乐之声将舞曲推向高潮。最后，小丑木偶彼得鲁什卡被舞女木偶拒绝，失恋的他于节日的人群中被情敌摩尔人木偶杀死，他的幽灵出现在马戏团小屋的房檐上，这场悲剧到此结束。

但是，品子她们一直反复播放着第四幕的节日音乐，响彻客厅。

"从早饭前开始，一直喧闹到现在，品子她们没有想过尼金斯基的悲剧吗？"矢木嘀咕着，转脸望向排练场的方向，波子也看着同样的方向：

"尼金斯基？"

"是啊，发疯的尼金斯基，不就是战争的牺牲品吗？他刚开始精神不正常时，嘴里总是叨咕着什么'俄国''战争'这些词，就像梦中呓语。尼金斯基主张和平，他是一个托尔斯泰主义者。"

"今年春天，他终于死在伦敦的一家医院里。"

"他疯了之后，从第一次世界大战结束到第二次世界大战结束，又活了三十多年。"

彼得鲁什卡，是当年让尼金斯基走红的角色，所以矢木才想起他来了。这阵子，矢木正在根据《平家物语》和《太平记》等描写古代战争的典籍，撰写一篇叫作《日本战争文学的和平思想》的研究文章，今天上午因《彼得鲁什卡》的干扰，还没开始写，一整天的思路就全给搅乱了。

音乐停止后，品子和友子没有回堂屋，波子过去一看，发现只有品子一个人坐在排练场里发呆。

"友子呢?"

"走啦。"

"她早饭也没吃啊……"

"她叫我把这个还给妈妈……"

品子手里拿着小戒指盒,却没有把它递过来,波子也没有伸手去接。

"我拼命留她,说妈妈和我都要出去,一起走吧,可友子说走就走,根本听不进去,"品子站起来,向窗边走去,"真是个奇人!"

波子坐在椅子上,久久凝神望着品子的背影。

"那样待着会着凉的。换上衣服吃饭去吧。"

"哎。"品子在排练服外罩上一件大衣。

"友子她呀,不愿碰见爸爸,她感到难为情啊。"

"可能是吧。昨晚哭了,一夜没睡,脸色很不好……"

"我也无法入睡,但浑身的力气都耗尽了,还是昏昏沉沉地睡着了,"品子从窗边转过身来,

"哦,不过,她把大衣穿走了,也把妈妈改的毛呢连衣裙要去了……"

"是吗?那太好了。"

"友子还说,虽然现在离开妈妈去工作,总有一天,一定还会回到妈妈身边的。"

"是吗?"

"妈妈,友子那样真的可以吗?您打算如何帮她呢?"品子盯着波子,走到她身边,"必须叫她离开那个人,我来让他们分手。"

"妈妈要是早些发现就好了……很早之前,我就看她的表情有些异常,可她为我办事,一点都没变。可以说,友子很巧妙地瞒过了我们。"

"对方身份尴尬,她又不好明白地说出来。那种人……我一定叫友子离开他,"品子再次强调,又继续说道,"不过,瞒住妈妈还是挺容易的。"

"品子也有什么事情瞒着妈妈吗?"

"妈妈还不知道吧?爸爸他……"

"爸爸?他怎么啦?"

"爸爸存款的事……"

"存款?爸爸的?"

"为了不让家里人知道,爸爸把存折寄放在银行了。"

神色怪讶的波子,忽然满脸发青。紧接着,刹那之间,她胸中涌起一种难以言表的羞耻,双颊也因忐忑不安而绷紧。

"是高男最先发现的,他偷了这笔存款,所以我也知道啦。"

"什么,偷了?"

"高男悄悄把爸爸的存款偷出来啦。"

波子的两只手按在膝盖上,不停颤抖着。

据品子说,一直站在父亲那边的高男,看到父亲将家务事全都交给母亲,对于母亲的辛苦操劳无动于衷,却一直在暗地里为自己存钱,他实在看不下去,所以将父亲的存款取走了。

后来高男说,父亲一看存折便知道是家里人干的,这是对父亲无言的谴责和警告。

"爸爸把存折都寄存在银行里了,却发现钱都给取走了,他当时会是怎样的心情呢?"品子仍未骂开,"爸爸也太不像话啦,很像友子那个相好的。"

"是高男偷的?"波子无可奈何地嘀咕着,她的声音在颤抖。

波子羞得无地自容,她甚至不好意思正视女儿的脸,随后,一股恐怖的寒流袭来,她浑身战栗不已。矢木在一所大学里任职,此外,又在其他两三所学校兼课。当时,国家胡乱成立了许多新学制的大学,有时他也到地方学校短期讲学。除了这些收入,他还有一些稿酬和书的版税。矢木没有把自己的收入告诉波子,波子也不硬打听,结婚以来就有的旧习,她是很难改变的,其中有波子的原因,也有矢木的原因。

波子也不是没有想到丈夫很卑鄙、狡猾,但她做梦也未曾想到,他会瞒着家人私自存款。存钱就存钱吧,还把存折寄存在银行。养家糊口的男人这样做还情有可原,但是矢木和他们可完全不同。波子也知道矢木要缴所得税,比起由自家缴纳,将学校宿舍等地方作为纳税单位更方便,所以她以前也没有在意。现在看来，矢木这样做，很可能就是为了向她隐瞒收入的具体数额。

想到这里，波子不寒而栗。

"我呀，可以失去一切，不会有任何惋惜，"她说着，捂着额头站起来，从唱片柜一侧的书橱里抽出一本书来，"我们走吧。"

"干脆我们也像友子一样，变得一无所有，叫爸爸养活我们算啦，到时候我和高男都出去工作。"品子挽住妈妈的手臂，从台阶上下来。

乘上开往东京的电车，波子不想再和品子提起友子和矢木的事，她想看书，随身带着的是一本尼金斯基的传记，是刚才模模糊糊从书橱里随手抽出来的。波子想，矢木说的"尼金斯基的悲剧"，大概依然存留在自己的脑子里吧？

"下次再发生战争，就给我一点氰化钾，给高男一座山里的烧炭小屋，给品子一条十字军时期的铁制贞操带。"

《彼得鲁什卡》的音乐停止时，矢木说了这段话，让波子一阵反感，她想转换一下心情，便答道：

"给我什么呢？怎么把我给落啦？"

"哦，落下一个。波子你呀，可以从三个里任意挑一个喜欢的嘛。"矢木放下报纸，抬起头来。

面对丈夫和蔼亲切的面容，波子一时迷惘起来，她浏览了一下报纸上的大标题，矢木则继续说道：

"有个问题，品子贞操带的钥匙谁来掌管呢？那就给你吧。"

波子听罢，悄然站起身，向排练场走去。这段笑话很叫人恶心，然而，她知道矢木存款的秘密后，再一想起，就感到有些可怕了。

"今早，爸爸听到《彼得鲁什卡》，说什么你们还没想过尼金斯基的悲剧。"波子对品子说着，递过来那本《芭蕾读本》，是一位来到日本的苏联芭蕾舞者写的。品子接过来说：

"看了好几遍啦。"

"是啊，我也读过，不由自主地带在身上了。爸爸不是说尼金斯基是战争和革命的牺牲品吗?"

"可是,尼金斯基还在舞蹈学校上学的时候,就有一位医生说过,这个少年总有一天会发疯的。"

电车通过铁桥,品子的声音被抹消了,她眺望着六乡川的河滩,似乎想起什么。过了铁桥,她沉默了片刻,接着说道:

"芭蕾舞者塔玛拉·淘玛诺娃也是可怜的'革命的女儿'。她父亲在沙俄时代任陆军上校,母亲是高加索的少女。父亲在革命年代受了重伤,母亲被子弹射中了下巴,在被护送去西伯利亚的牛车上,生下了塔玛拉,在牛车里呀……后来,她在西伯利亚流浪,被迫离开祖国,逃往上海。在那里,她看到了巡回演出的安娜·帕夫洛娃的舞蹈,小小年纪的她便立志当一名舞蹈家……后来,淘玛诺娃在巴黎歌剧院表演《让娜的扇子》,被称为天才少女,名噪一时,当时她才十一岁。"

"十一岁?安娜·帕夫洛娃来日本演出《天鹅之死》,是大正十一年(1922)啊!"

"我还没有出生呢。"

"是的……那时我还没结婚，是个女学生，正好是帕夫洛娃去世前十年左右的事，她大约是五十岁时死去的。她来日本时，和妈妈现在的年纪差不多。"

出生在西伯利亚的牛车上的塔玛拉·淘玛诺娃在上海观看了安娜·帕夫洛娃的舞蹈，在巴黎自己的舞蹈又获得了安娜的赞许，从上海到巴黎的这段旅程，真是太幸运了。看了小小年纪的塔玛拉·淘玛诺娃的排练，世界一流的芭蕾皇后感动了，于是这位幼小的芭蕾舞者和她景仰的帕夫洛娃同台演出了。后来，她加入蒙特卡洛芭蕾舞团，参加过乔治·巴兰钦等人主办的"芭蕾1933"会演后，十四岁的她就稳稳坐上芭蕾艺术的第一把交椅。据说这个身材小巧、神情悒郁的少女，舞姿里也总有一种孤寂的影子。

"如今也许在美国跳舞吧，该有三十岁了，"品子像突然想起什么似的，"我经常听香山先生讲塔玛拉·淘玛诺娃的故事。香山先生带我到军队、工厂各处去跳舞，慰问伤病员，那时我也大约在十四岁到十六岁之间……正好和塔玛拉·淘玛诺娃加入蒙特卡洛芭蕾舞团，参加巴黎的'芭蕾1933'会演时一般大。"

"是啊，"波子点点头，因为品子难得提起香山，她听得很认真，可她又换了个话题，"在英国，芭蕾舞团会到前线、工厂、农村等地进行巡回慰问演出，在群众之中宣传芭蕾舞的魅力，这也可以说是战后芭蕾兴盛的原因之一，不是吗？现在日本芭蕾的流行，是不是也有这样的因素在呢？"

"不好说啊。不过，受到战争压迫的人们的解放，尤其是妇女的解放，倒确实通过芭蕾这种形式体现出来了，"品子接着说，"我也很怀念跟随香山先生慰问演出的那段时间。到了东京，跨过六乡川河时心里老是想，不知回程时还能不能活着渡过河上的这座铁桥。到空军特攻队那里演出时，我一边跳一边想，干脆死在这里算了。坐大卡车倒还好，我还坐过牛车。在牛车上，香山先生给我讲塔玛拉·淘玛诺娃在牛车上出生的故事，我听哭了。空袭时,城市在燃烧,飞机一旦逼近,我们就立即跳下牛车,躲进树林里。香山先生说,我们就像为革命奔走的俄国人一样。不过,对我来说,也许那时比现在更幸福,因为那时没有迷惘,没有怀疑……只是一心一意慰问为国家战斗的人们,玩命似的跳舞,有时也和友子一起去。那时我十五六岁,虽然旅行途中随时都可能会死,但也不觉得害怕,仿佛被一种信仰迷住了……"

旅行途中,香山一直守护着品子,如今品子依然会觉得,他的手臂仍搭在自己的肩膀上。

"不要再提战争的事啦!"波子本想悄悄对她说,可语气还是显得颇为严厉。

"是。"品子看看周围,心想,会不会被人听见了呢。

"那里的六乡川河滩也完全变样啦。从前是哥尔夫球场,战争期间被辟为军事训练场,后来逐渐变成耕地,现在都成了麦地和稻田了,"品子一个劲儿说着,那双美丽的眼睛里,似乎闪现出她和香山一同行进在战火纷飞的旅途中的情景,

"战争年代,想的没有那么多。"

"当时品子你还小,而且大家都被夺走了思考的自由啊。"

"妈妈难道不觉得,战争时期,我们家比现在更和睦吗?"

"是吗?"

波子一时不知如何回应。

"那时,一家人都生活在一起,不像现在这样四分五裂,国家虽然衰败了,但家庭还没有破碎。"

"都是因为妈妈我吗?"波子终于开口了,"也许,品子你说的都是真的。不过,在这种真实中,也有着很大的虚假和误差啊!"

"是的,是有的。"

"还有,用现在的眼光回忆过去,往往无法进行正确的判断。往事,一般都是令人怀念的。"

"是的,"品子诚恳地点点头,"现在,妈妈的苦恼已经过去,就等着它们变为值得怀念的事吧,今后还有几多山河。"

"几多山河?"品子的厈词让波子露出了笑容,"越过这几多山河的,是品子呢。"

品子沉默不语。

"要是没有战争,品子眼下也许正在英国或法国的芭蕾学校学跳舞呢……"

不过,波子没有对品子提起自己当时在皇居护城河岸上对竹原所说的"我也许会跟她一道去"。

"我的学习,完全被战争给耽搁啦。即使妈妈为了我全力以赴,要获得成功,恐怕也得等到我的下一代啦。听说在日本,培养一个芭蕾舞者,要付出三代人的努力,不是吗?"

"没有那回事,你能做到的。"波子使劲摇摇头。

然而,品子闭上眼睛说:

"可我不想生孩子呀,在世界和平之前,我绝对不生孩子,我意已决!"

"什么?"波子好似突然遭到一击,她看着品子,"什么绝对,什么坚决,再不许乱说!品子呀……你这不是战争年代的说法吗？"波子半是责备半是玩笑地说，"妈妈吓了一跳。"

"哎呀，我只说一遍，不会再说啦。"

"什么世界和平之前决不生孩子，突然在电车里听到这样的宣言，妈妈真是不知所措呀！"

"好吧，那么说吧，我就一边跳舞，一边等待世界和平，这样妈妈总该满意了吧？"

"把跳舞说得如此神圣。"

波子只好让她含混过去了，然而，品子的话一直留在她心里，她不知道女儿到底是怎么想的，她是不是害怕在日本的自己也会有在牛车上生孩子的一天？抑或她心中一直想着香山，等待和平，也就意味着等待香山呢？

香山已经成为品子爱的回忆，从她的话里也听得出来。这种回忆作为回忆本身，并没有过去，现在依然鲜活地存在着。波子自己在关于竹原的回忆中，也有着切身的体验，她现在终于明白，少女对爱的思恋是多么根深蒂固！品子爱的思恋，包裹在回忆的宁静之中，这是品子尚未和别的男人结合的缘故吧?一旦结婚,她对香山的思恋势必会重新燃起烈焰,那么,二十年过后……波子想,还不是和自己一样吗?

昨夜友子的表白,也给品子点起了火花,今天一早起来,品子就对妈妈说了那么多话。

在日本培养一个芭蕾舞者,要付出三代人的努力。听到品子这么一说,波子的心凉了半截。

战争年代,家中反倒和平,这话也没有错,那时粮食缺乏,人命危浅,全家人抱成一团,战战兢兢地打发日子。波子开始对丈夫疑虑重重,深感失望,也是战败以后的事,父母的隔阂也波及了品子和高男,波子为此十分苦恼。

国家虽然衰败了,但家庭还没有破碎,品子说得没有错。

波子沉默了一会儿。这时,品子又想了起来:

"朝鲜的崔承喜[1],不知现在怎么样啦。"

"崔承喜?"

---

[1] 崔承喜(1911—1969),活跃于20世纪前半期世界一流的朝鲜舞蹈家。

"她也是'革命的女儿',朝鲜战争爆发前,她去了北方,或许她的父母也是革命者呢。我第一次观看崔承喜演出时的年纪,大概也和塔玛拉·淘玛诺娃在上海观看安娜·帕夫洛娃跳舞时一样吧。"

"是的,那是昭和九年(1934)或十年(1935),妈妈也感到震惊!从她无声的舞姿里可以感受到朝鲜人民的反抗和愤怒,那是一种表现郁闷的控诉、痛苦的挣扎和粗犷激烈的抗争的舞蹈!"

"她给我留下的最深刻印象,还是走红之后的表演,她一下子就红起来啦……在歌舞伎座、东京剧场等地公演,没有比她更风光的人啦。"

"她呀,从美国一直跳到欧洲呢。"

"是啊,"波子点点头,"据说,崔承喜起初想当一名声乐家。崔承喜的哥哥看了来京城[1]公演的石井漠[2]先生的舞蹈,十分感动,就让妹妹做他

---

[1] 即今天的韩国首都首尔。
[2] 石井漠(1886—1962),日本舞蹈家,日本现代舞之父,致力于发展日本现代舞蹈。

的弟子。在石井先生的带领下,崔承喜来到日本,那年她刚从女校毕业,大约才十六岁……"

"正是我跟着香山先生学跳舞的年纪。"品子再次说道。

波子继续说下去:

"她是石井漠先生的弟子,看来是传承了老师的风格,才会有如此风格的舞姿吧?但是,崔承喜确实在初次登台时就表达了被压迫民族的反抗精神,妈妈想到这里,不由得一阵惊恐。随着人气陡增,崔承喜的舞蹈也变得绚烂明丽了,黯淡的悲伤和愤怒相撞,郁闷的力量也消失了……也许是因为,朝鲜舞蹈已为观众所接受,而石井流的舞蹈,又不太表现这方面的内容吧?然而,她在西方时,被称为'朝鲜舞姬';而在日本时,又被称为'半岛舞姬'。"

"剑舞,僧舞,还有什么'哎嘿呀·诺阿拉'[1],我也记得。"

---

[1] 原名为"에헤야 노아라",崔承喜的代表作品之一,展现了穿着朝鲜传统服饰的男子醉酒后的滑稽样态。

"她的双手和双肩都十分灵活。照她自己的说法,朝鲜是个舞蹈贫弱的国家,跳舞是一件为人所鄙视的事……她为了拯救濒于灭亡的传统,敢于推陈出新,非常难能可贵,值得庆幸。对于民族性,崔承喜感触很深,一定是这样的……"

"民族性?"

"所谓民族性,对我们来说就是日本舞,品子没有必要想得那么远……日本舞的传统太丰富了,太强烈了,正因为这样,做出新的尝试是很困难的,也很容易倒退。但是,日本是世界知名的舞蹈之国,不仅芭蕾,只要看看日本自古以来的舞蹈就会明白……日本人的确天生具有舞蹈的才能。"

"不过,比起日本舞,芭蕾正相反,芭蕾同日本的精神和肉体完全背道而驰。日本舞的动作向内集中,体态含蓄;西洋舞向外扩展,舞姿开放,舞蹈的情绪也不尽相同。"

"但是,品子从小就学习芭蕾,身体受过训练,身高五尺三寸,体重四十五公斤,是很理想的芭蕾舞者体型,这是品子的优点。"

品子本该在新桥站和波子分别,到大泉芭蕾舞团的研究所上班的,可是今天她一直乘到了东京站,陪妈妈一起去排练场。

"友子不在了吧?"

"会来的,以她的为人,肯定会来的。即使辞职,也会郑重地来打个招呼的……"

"真的吗?昨天她不是来告别了吗?友子晚上没有睡好,而且我们知道她的事之后,她再见到妈妈会很难为情的呀。"

"她不会一声不响就走的。"波子坚信不疑。

品子陪妈妈来这里,是因为她担心今天友子不来,妈妈会难过。母女二人走到地下室排练场,听到了《彼得鲁什卡》。

"是友子!"

"看!"

友子身穿排练服,却没有跳舞,她正倚着把杆听唱片。排练场打扫得很干净。

"老师,早上好!"友子很不好意思地关掉唱片机,瞥了一眼墙上的镜子。

"《彼得鲁什卡》?"品子说着,重新开始播放同一面唱片,第一幕是狂欢节欢快的乐曲。

"友子,还没吃早饭吧?你没有回去,直接到这儿来了,是吗?"波子和镜子里的友子对望。

"是的。"友子的双眼因为疲倦,又变成了双眼皮,目光炯炯。

"友子在这儿,那我就去研究所啦。"品子对母亲说。她走到友子跟前,把手搭在友子肩膀上。

"我和妈妈谈到你,不知你会不会来,才过来看看的。"

品子从喧闹的节日音乐和友子温热的身体上,似乎获得了什么,于是感到心满意足。友子的身体很温暖,看样子,她刚才一直在跳个不停。

"在电车里,我们还谈到了民族性。"

《彼得鲁什卡》也含有充满民族性的节奏和音色。这出芭蕾舞剧专供佳吉列夫芭蕾舞团演出,由斯特拉文斯基作曲,初次公演时由福金编导,瓦斯拉夫·尼金斯基则扮演那个可怜的小丑人偶。

所以，今早矢木一听到《彼得鲁什卡》，就说是"尼金斯基的悲剧"。

《彼得鲁什卡》初次公演是在1911年，明治四十四年，当时尼金斯基二十岁左右。他在罗马跳，又在巴黎跳，掀起了一阵强劲的旋风。同年，尼金斯基离开俄国，直到1950年死去，一直未能回归故国。1914年，大正三年，尼金斯基因怀恋故国，在巴黎筹集旅费，买好了火车票，岂知正逢八月一日，第一次世界大战已经在几日前爆发。他离开战后混乱的巴黎，途经奥地利，被当作敌探逮捕，随即精神受到重创，时常胡言乱语，不住嘀咕着"俄国""战争"之类的词。好容易获得释放之后，尼金斯基去了美国，在《玫瑰花精》初次公演的舞台上，他一出场，全体观众都站起来欢呼，投去的玫瑰花堆满了舞台。

然而，面对美国观众的一片热情，尼金斯基仍沉浸在忧郁之中，他诅咒战争，倡导和平，与和平人士以及托尔斯泰主义者来往密切。十月革命爆发。1917年末，尼金斯基终于成了一个白痴，从舞台上消失了。那时，他才二十八岁。发狂后的尼金斯基在瑞士疗养，一天，他想做一场即兴表演，把人召集在小剧场里，用黑布和白布在舞台地板上搭了一座十字架，自己站在顶端，表演耶稣受磔刑的情景。随后，他说道：

"这回，我将让各位看看战争，看看战争的不幸、破坏和死亡……"

1909年，佳吉列夫芭蕾舞团在巴黎初次公演时，作为一名男性芭蕾明星，尼金斯基的舞蹈天赋立即获得全世界的赞扬，可他不久就陷入半疯狂的状态中，艺术生涯十分短暂。1927年，是昭和二年，就是品子出生前的二三年。佳吉列夫芭蕾舞团在巴黎公演《彼得鲁什卡》时，曾让完全狂痴的尼金斯基上台，当时之所以这样做，是因为考虑到十五六年前初次公演时，尼金斯基跳的就是彼得鲁什卡这个角色，想尝试以此唤回他失去的记忆，使他恢复为正常人。

当所有舞者都出现在舞台上，他初次公演时的搭档、女芭蕾舞者塔玛拉·卡尔萨温娜，和过去一样扮成舞女人偶,走过来亲吻了他。尼金斯基羞涩地盯着她,她亲昵地叫了一声尼金斯基的爱称,然而,他却转过头去,没有理睬。卡尔萨温娜挽着尼金斯基的手臂拍了照,他却一副魂不守舍的神情。品子不知在哪里也看过当时这张滑稽的照片。

后来,佳吉列夫把可怜的尼金斯基领到包厢里去了。当扮演彼得鲁什卡的塞尔日·利法尔出现在舞台上时,尼金斯基便问他是谁,嘴里还嘀咕道:

"那小子能跳好吗?"

跳《彼得鲁什卡》这个角色的塞尔日·利法尔,被称为尼金斯基的化身,是尼金斯基之后首屈一指的男芭蕾舞者,可尼金斯基看到他就嘀咕起"能跳好吗",是因为过去的他,曾凭精彩的跳跃震撼了世界,成为永恒的话题。然而,说这位发狂的天才的话语悲凉也罢,真诚也罢,我们这些观众也只是听过便忘了。恐怕他本人也不知道,舞台上的那个角色正是自己年轻时演过的人气角色，所谓从前伙伴们的友情，也许只是对他这具活僵尸的嘲弄而已。

尼金斯基光辉的一生，其悲伤和苦恼的结果，如今就像冬天冰封的湖泊，即使凿开坚冰，深入湖底，也什么都寻觅不到了。

"'品子没有想过尼金斯基的悲剧吧'，爸爸早晨对妈妈说过这样的话呢……"品子对友子说。

看到友子闷声不响，波子回答说：

"矢木害怕战争和革命，所以想起了尼金斯基。"

"尼金斯基在战争期间，也到各国跳舞，他即便发狂，也是世界级舞者，能到瑞士、法国、英国等地疗养，不像爸爸和我们那样，不论发生什么事，变成什么样，都只能立即被赶进日本纸做成的窗帘后，二者完全不同啊！"

"因为我们不是世界级的天才……所以也不会发疯。"友子说。

"那么，友子昨天晚上的话有点奇怪啊，听了你的话,我的头脑也有点不正常啦。"

"品子,友子的事由妈妈和她商量……"

"是吗?友子要是能好好听妈妈的话就好啦……"品子也不看友子,她在收拾唱片。

"啊,我来吧。"友子连忙跑过来,品子用肩膀蹭了她一下:

"拜托啦,留在妈妈身边吧。等明年春天,妈妈的学生们举办会演时,我们俩一起跳《佛手》吧。"

"春天?几月?"

"几月还没考虑好,会尽早的,对吧妈妈?"

波子点点头。

"要迟到的,品子你走吧。"

品子出了地下室,一直低头朝前走,来到东京站附近。她站了一会儿,抬头仰望起这座施工中的钢筋混凝土建筑。

一

爱的力量

进入十二月后,接连几天都是好天气。

舞蹈家们的秋季会演也大体结束了,这个月只剩藤间万三哉和吾妻德穗夫妇的《长崎踏绘》、江口隆哉和宫操子夫妇的《普罗米修斯之火》了。

吾妻德穗和宫操子,年龄都和波子相仿。波子自年轻的时候,也就是十五二十年前,就一直关注这两对夫妇的舞蹈。吾妻德穗专攻日本舞,宫操子则致力于"新舞蹈",和波子的古典芭蕾并不同,但她们的持之以恒使波子很感动。

波子和他们一起经历了日本舞的时代变迁。江口和宫前往德国留学前的告别演出和回国后的首次公演,波子都曾看过,给她留下了新鲜的印象 那已经是昭和十年(1935)之前的事了。当时出现了许多五花八门的舞蹈家，他们高喊着"舞蹈的时代到来了"，到处公演，观众远比音乐会的观众要多。西班牙舞蹈家阿亨蒂纳和黛莱西娜，法国的萨哈罗夫夫妇，德国的克劳茨贝格尔，美国的露丝·佩姬等舞蹈家相继来日本表演，也是在这一时期。相传佳吉列夫芭蕾舞团以编舞闻名的米哈伊尔·福金也要来日本，据说福金还想为宝冢和松竹的少女歌剧团设计芭蕾动作。

虽然很多西洋舞蹈家来到日本，但没有一个跳古典芭蕾的，于是波子期待着福金的到来，然而，最后只是传闻而已。她虽然坚持芭蕾风格的舞蹈，但一次也没看过真正的芭蕾。波子一直不清楚，自己在古典芭蕾的基本动作掌握上，是否正确、是否牢固，于是，摸索中产生的怀疑和绝望，随着年龄的增长不断加深。

战后，芭蕾在日本也流行起来。如今，日本人也开始大演特演《天鹅湖》《彼得鲁什卡》等芭蕾代表剧目了。可是，波子依然感到怯懦，她让女儿学习芭蕾，自己教授芭蕾，有时却无精打采，心不在焉。排练场上没有了友子，更使波子失去了教授芭蕾的自信，过去友子的献身，或许是一直支撑她的信念。

波子感到疲倦，她有些感冒，于是把排练场临时关闭了四五天。

"妈妈，我去日本桥那边排练一段时间吧，"品子担心母亲，"在友子回来之前，我还是帮帮妈妈，不行吗？"

"她不会回来的，不过，她倒是说过会回来的，也许总会有那一天的……"

"我想见见友子那个恋人，可友子不告诉我那人的姓名和地址，怎样才能打听到呢？"品子说着，波子则有气无力地应道：

"是这样？"

"要不去问问友子的母亲，不过不太好吧？"

"不好。"波子毫不经心地应着，一面思忖，岁末和年关，友子的母亲会和过去一样来拜年的，那时说什么好呢？

友子的母亲很早就死了丈夫，靠着四五间房

的租金把友子抚养成人。战争时期,房子烧毁了,友子便来到波子的排练场做帮手,她母亲则到附近一家商店上班。不能一起养活她们母女二人,一直是波子的心事,她想着总有一天要做到,哪知想着想着,友子就早早离开了。

期间波子想的也不光是友子的事,她时常感到沉闷、寂寞,甚至想卖掉宝石,放弃厢房,帮助友子。然而,友子了解波子的处境,也不打算过分依赖波子,于是一口回绝了,波子对此一筹莫展。她与友子性格的差异、处境的不同,令她碰了壁。

"品子不要轻易去见友子的母亲,说不定她母亲还一无所知呢。"波子说。

"还有,日本桥那边的排练,即使没有友子帮忙,也还能坚持,不必担心。品子还是暂时不要考虑别人的事。"

波子害怕把自己心中的暗影传给品子。停止排练的休息期间,两位东京丝绸店的老板和一位京都丝绸店的老板来到她家,谈到他们三人被盗的事。其中一位东京老板说，他在鱼龙混杂的电车上被人割毁提包，丢失了一大笔钱；另一位东京老板把行李放在网架上，被人拿走了；京都老板说，他乘"国铁"[1]去大阪途中，车厢刚要关门，放在膝盖上的东西就被一把攫走，盗贼则刹那间飞身下车了。

"周围有人大叫了一声，被盗者本人却惊呆了，都没吭声，"京都老板站起来，愤愤不平地一边说一边比画着，"那人就这样，一只脚踏在车门口，随时准备跳车。"

波子将此当作年关奇闻讲给矢木听。

"嗯。他们不约而同地跑到你这里来，是又有什么适合你的货来了吧？你不会又出于不明不白的同情，买了他们的东西吧？"

矢木这么一说，波子立即沉默不语了。她在京都老板那里给自己买了一件羽织，本来想着再到东京的两位那里买点什么，结果没有买，还有

---

[1] 日本国有铁路的略称，民营化后成为如今的日本铁道集团（JR集团）。

点过意不去。她看到一件结城扎染的十字花飞蚊纹的衣服，本打算给丈夫买下，以往哪怕手头有点拮据，她也会让丈夫穿上身，想到这里，波子再一次感到内疚。

十字花飞蚊纹扎染，始终在波子眼前，挥之不去。她本想告诉丈夫这件事，结果一开口就被丈夫顶了回来。

"快过年了，谁会带着这么多钱挤电车出门呢？"

"就算您这么说……"

"既然坐在车门口很容易在关门时遭抢，不坐在那里就好了。"

矢木气定神闲地数落着，波子倒是坐不住了。

"看上去不是很可怜吗？我们家也受到人家不少照顾……帮我们卖了不少旧衣服。"

"为了做生意嘛。"

"他们也不全是为了做生意，我们家是老主顾，人家总是很热情地为我和品子挑选合适的料子。战前收藏的好东西中，有些是人家很喜欢的，却全卖给了我们这些熟人，现在好可怜的……"

"好可怜的？"矢木反问道，"有什么可怜？你的声音都快发颤了吧？"

要是平常，波子不会当回事的，这回却有了反应。三位老板战前各自都有相当规模的店铺，京都老板当年被疏散到福井，遇到地震，五六年了，到现在都没有店铺，这次过年时三个人都遭了偷，这才哭丧着脸一起来找波子。

虽然遭到矢木的嘲弄，但只要拜托在日本桥的排练场或自己家里学习舞蹈的姑娘们想想办法，为老板们推销十反[1]二十反的绸料还是可以做到的，想到这里，波子即刻准备了一番，前往东京。

排练场上，学生们和平时一样在练基本功。两个老面孔代替波子和友子，站在队列外负责指导。

"哎呀，老师！您好些了吗？"

---

[1] 日本布匹单位，一反相当于一件成人衣服的量。

"脸色不好啊。"

学生们围住了波子,大家都扶着她,让她坐到椅子上。

"谢谢啦,我休息了一阵,对不起。看起来很虚弱,但还没到卧床不起的程度。"

波子抬起脸,想看看身边的少女们,不料忽然急剧地咳嗽起来,眼泪都下来了。一个少女掏出手帕为她擦眼泪。

"好啦,你们继续练功吧。我稍微休息会儿……"波子说着走进小屋,照着桌上的号码给竹原打电话。

竹原来到排练场,看到波子独自一人坐在火炉旁的椅子上,一只胳膊搭在把杆上,脸趴在胳膊上。

"谢谢你给我打电话,电话里的声音听起来和平时不一样,本想即刻赶来的,但当时有笔小型照相机的生意要谈,客人还没走,是搞出口的。"

竹原一站到波子面前,就摘下帽子,把帽檐插进把杆与墙壁之间的空隙里。波子抬起头来,泪眼汪汪地仰望着竹原，额头上还印着袖口的衣痕，眉毛也被压得有些乱了。

"对不起，"波子顺口说道，"有点感冒，之前连排练都停了。"

"是吗，看样子还很疲倦。"

"发生了很多烦心事。"

竹原继续站在那里俯视波子，突然转过视线。

"一走进这间屋子，就闻到煤气的臭味，该不是中毒了吧？"

"一开始排练就热了，已经把煤气关了……"波子转向镜子，"啊，脸色青白……"波子用指尖触摸着眉毛，仿佛羞于被人窥到刚刚睡醒、连口红都没搽的容颜。

竹原向镜子那边看了看，问道：

"壁镜还没有装上吗？"

"嗯。"

打从盘下这座排练场，波子就想用整块的壁镜镶满一面墙，但目前只有两块合起来的西装店穿衣镜。

"可能不只是镜子啊。"

波子微笑了,心里却一直想着镜子里自己憔悴的面孔。四五天来,她都没有好好梳理头发,只是随便用梳子向上拢了一下,以这副姿容会见竹原,她感到心情坦荡,对竹原的怀念之情更加汹涌了。

"今天本来打算继续在家里休息,但转念一想,还是出来了。"

竹原点点头,坐到椅子上。

"接到你的电话,光听声音不知道发生了什么事,没想到一进来就看见波子夫人一个人待在这里。瞧夫人的神色,似乎有什么心事呢。"

"心事……"波子顿时答不出话来,眉间漫上一丝愁云。

"想起一件无聊的小事,还记得在护城河的那条银色鲤鱼吗?"

"鲤鱼?"

"嗯,日比谷交叉路口附近的护城河一角,有条银色鲤鱼,当时我一直盯着它,还遭到了你的斥责,不是吗?"

"是的。"

"后来我问品子,她说那里有鲤鱼又有什么奇怪的呢。"

"当时你不是跟我说过吗 护城河的角落里有条小鲤鱼,谁走过去都不会在意,只有我看到了,这是我的性格决定的。"

"我是这么说的。鲤鱼和波子夫人都是孑然一身 同病相怜啊。当时你一直盯着护城河看,我在后面看着,真想猛推你一把哩。"

"你还斥责我,叫我把这种性格丢掉。"

"我看着看着,心里很难过。"

"不过,即便谁也没看到 鲤鱼照旧在那里生活 当时我就是这么想的,所以后来也对品子说了这事。"

"你告诉她是和我一起看到的吗?"

波子微微摇摇头:

"品子说,那里正是鲤鱼聚集的地方,因为到晚上了,才只剩下一条……她还说,带孩子到日比谷公园游玩的人们,回家时都会在那里将饭盒里剩下的面包屑、饭粒喂给鲤鱼……所以有一条也不奇怪。"

"是吗?"竹原答道,眼神里带着反问的意思。

"品子说你的斥责很正确,所以我觉得自己很没出息。一看到一条小小的鲤鱼在一个寂寞的角落孤零零地生活,就不由得联想到自己。"

"可不是嘛,"竹原很理解,"你经常会这样。"

"我也是这么想,我连这些不为人重视的小鲤鱼都很在意,为它们感到哀伤……虽说同你走在一起,看到鲤鱼却立即感到一阵惆怅……"波子说罢,眼里倏忽闪耀着光辉,低下了头,她的眼睑微赤,两腮也涨红了。

"对不起。"波子似乎想平复一下紧张的心情,才这么说道。

竹原凝视着波子。

"你不能不注意到这些银色鲤鱼之类的东西,对吗?"

波子眨了一下眼睛,稍稍倾斜起左肩。在竹原眼里,那只肩膀似乎变得又沉重又坚固,于是他站起身子,离开波子两三步远,接着又靠过来。波子的右手搭在左肩上,眼睛一闭,几乎要向前倒下去。

"波子夫人!"

竹原从旁用力扶住波子,然后转到她身后,打算抱住她。他的右手叠在波子的右手上,两只手正温存地握在一起,波子的右手被竹原握在掌心,好像手指一旦失去力气,她的整条手臂就会脱离肩膀,竹原全身都在感受这种冷艳与滑嫩。接着,他弓下身来。

"太晚啦!"波子说罢,转过脸去。

"太晚啦?"竹原重复着波子的低语,然后高声叫道,"不晚!"

然而,在如此否定她之后,"太晚啦"这句话才开始在他心里蔓延开来,他的身子纹丝不动,似乎开始犹豫了。波子的头发触着竹原的下巴,她的耳垂露了出来,颈项稍稍偏斜,现出雪白的肌肤。她今天没有佩戴耳坠,又因为感冒而没有入浴,所以临出门时搽了比平时更多的香水,卡朗黑水仙的气味中,混杂着发间微微飘溢而出的烧焦枯草般的气味。

竹原的右臂叠在波子的右臂上,由于波子的右手仍搭在左肩,所以很自然地成了拥抱的姿势。竹原顺势轻柔地抱住波子的前胸,他感受到波子剧烈的心跳,明明没有直接碰触,却仍能感受到心跳。

"波子夫人,不晚。"

波子微微摇摇头,将脸转过来,正对着竹原。竹原用前胸支撑着波子,嘴唇贴近波子的眼帘。先前,竹原也是想首先接触波子的眼帘的。

波子闭上眼睛,她的上眼睑似乎在说话,较之嘴唇送出的言语,更加温暖和悲戚。

然而,在竹原靠近之前,她那满眼眶的泪水早已打湿了睫毛,湿漉漉的睫毛,加上眼皮的线条,愈发显得楚楚动人。波子眨了一下眼睛,泪水从眼角涌流而下,竹原将嘴唇凑近流下的泪水。

"不行呀,好可怕啊,"波子晃动肩膀说道,"可怕呀,有人看着哪。"

"看着?"

竹原抬起眼睛,波子也抬起眼睛。透过对面的采光窗户,可以看到行人的腿脚。那是比路面稍高的细长窗户,只露出行人的小腿部分,膝盖和脚上的鞋袜都看不到。地下室的光线明亮晃眼,脚步杂沓的大街笼上了暮色。

"可怕啊!"波子晃动着身子想站起来,竹原却突然放开臂膀,波子似乎一下子站不稳,朝前打了个趔趄。

"放开我……"波子说着,依旧向前走去。

竹原目送着波子离去,怀中仿佛仍然拥抱着她。

"从这儿出去吧。"

"是的,等一下……"

波子一看到镜子就害怕起来，随即走开了。

当晚波子回到家时，还不到九点钟，品子还没回来。她想，品子在编舞，可能会晚些回家，在品子之前回到家中使她很安心，这样就更好找借口了。她打开丈夫房间的拉门，手指搭在拉门的凹槽里，一边用力，一边招呼道：

"我回来了。"

"回来了？好迟啊，"矢木说着从书桌上转过头来，"出去这一趟，没什么事吧？"

"没有。"

"那就好，"矢木摇了摇锡制茶叶盒，"这里是空的了。"

波子来到餐厅，想从铁罐里取出玉露茶叶装进小小的茶叶盒里，谁知手却不听使唤，茶叶都撒在了榻榻米上。然而，等她拿着茶叶盒再走进去，矢木已经开始写作，一眼都没有看她。

"今天要写到很晚吗？"波子本来打算默然不响地关上拉门，但还是打了声招呼。

"不，天气很冷，想早些睡觉。"

波子回到餐厅，将散落的玉露茶叶捡起来，放进火钵烧了。青烟消弭之后，香味依然留存。

波子本想在房间里轻轻走动一下，但还是悄悄忍住了。她原想一到家就去排练场弹钢琴，也没有实现。乘电车回家的路上，听到贝多芬的《春天奏鸣曲》，这首曲子唤醒了她记忆中有关竹原的往昔，通过音乐，往昔时而变成遥远的梦幻，时而变成眼前的现实。

"品子回来就危险了。"波子嘀咕起来。

为了不让品子看出她那遮掩不住的快乐，她只好躲进被窝，因为有点感冒，即使早点就寝，矢木和品子也不会觉得奇怪。

波子走出日本桥的排练场，应竹原的邀请走进西银座大阪菜馆时，一直惦记着回家的时间；可在新桥站和竹原分别后，满心的情思反而犹如决堤的河水，她只好任其汹涌澎湃，奔腾不息。而且，比起站在竹原身边时，回到丈夫身边的她反而不怕丈夫了。

她手上整理着床铺，心里却很想呼喊一声：

"啊!"

在护城河畔,在日本桥的排练场,她和竹原在一起,突然发作的恐惧宛若闪电划过她心头,实际上,这不就是爱情的发作吗?

波子放下褥子,坐在上面。

"怎么会有这等事呢?"

现在,她静静地躺在被窝里,即使想强行打消此种想法,也依旧对那道闪电惶恐不安。她合掌祈祷,逐一回忆《大日经疏》中的十二合掌礼法——两手手掌和手指严丝合缝地贴在一起,谓之坚实心合掌;两掌之间稍留空隙,谓之虚心合掌;两掌隆起呈花蕾状,谓之未开莲合掌;两手拇指和小指结合,其余三指相离,谓之初割莲合掌,此外还有五指相扣的金刚合掌、归命合掌……以上几种,还比较接近原本的合掌形态,既易于想象,又不会轻易忘记。

但剩下的七种,例如掌心向上,手指屈曲呈掬水状——持水合掌;手背相合,手指相扣——反叉合掌;两手仅拇指相接,掌心向下——覆手合掌等,这些与合掌二字相去甚远的"合掌",波子都不太确定,就算可以做出来,有时也对不上名字。

她试着从头开始回忆,反复做了两三次,正做到归命合掌时,矢木进来了。

"怎么?睡下了?"矢木拉开拉门,窥视着薄暗中波子的睡姿。

波子一惊,双手依旧保持合掌的姿势缩回胸前。

归命合掌是死人的合掌,有时会搭配身体紧缩、惶恐竦惧的姿势,有时会搭配请求恕罪的姿势,有时又会搭配悲惋乞怜的姿势。

波子用力扣紧交叠的手指,重重压在胸脯上,她以为矢木发现了她和竹原的事,前来谴责她了。

"出了趟门,很累吧?"矢木将手按在波子的额头上。

"哪里的话,没有发热。"

"我的倒是很热。"他说着,将自己的额头伸过去。

波子仿佛要躲避矢木,自己抬起胸前的手,按在额头上,接着惊叫一声:

"哎呀,不行啊,我没有洗澡……六天都……"

不过,波子抑制住了全身的颤抖,也藏起了心中的绝望。况且,绝望总能让她从对不贞的恐惧和关于罪愆的思绪中彻底挣脱出来,得到解放。

波子流泪了。不久,餐厅里传来丈夫的声音。

"喝点热柠檬汁吗?"

"我想喝。"

"要放糖吗?"

"多放些。"

波子想起回家时问丈夫"今天要写到很晚吗",他会不会以为自己是在引诱他呢?她紧咬朱唇,陷入沉思。喝热柠檬汁时,她听到了品子回来的脚步声。

品子一走进餐厅就问:

"妈妈呢？"

矢木有意用波子能听到的音量说：

"去了一趟东京，太累，睡下了。"

"哎呀，妈妈去东京了？"品子似乎要到波子的房间去，矢木制止了她。

"品子。"

女儿似乎坐到了父亲面前。矢木打算说什么呢？波子用手拢了拢纷乱的头发，一边侧过头去细听，一边在铺上不停地翻身。

矢木喊住品子，不让她进卧室，是为了多给她一点整理仪容的时间吗？想到这里，波子慌乱的手指忽然不动了。

"爸爸喝的是热柠檬汁吗？"见父亲沉默不语，品子如此问道。

"是啊。"

"我也想喝。"

接着，波子听到向杯子里倒开水，搅动汤勺的响声，矢木似乎一直在看着品子的动作。

"品子，"矢木又叫了一声，"我看了高男的日记,他说,哥哥和妹妹,这个世界上再没有这么亲的两个人了。"

事情来得突然,品子大概正望着父亲吧?

"这是尼采在写给妹妹的信中说的,"他接着说,"品子,你怎么想呢?你和高男不是哥哥和妹妹,而是姐姐和弟弟,和尼采正相反,高男认为这句话很好,写到日记里了。尽管年龄上刚好相反,但仍是一男一女,同胞姐弟,'再没有这么亲的两个人了'……说得真好!"

"说得是好。"

"这是高男的愿望,所以,你最好也把尼采的话抄在什么地方。"

"好的。"波子听到了品子诚实的回答。

不过,品子又像是想起了什么,说:

"爸爸,您和姑姑,也是哥哥和妹妹吧?"

虽然品子似乎问得漫不经心,波子却不由得心头一惊。矢木和他妹妹如今形同陌路,已经断绝了来往。矢木的妹妹依靠波子娘家的协助,从女子高等师范学校毕业后,和矢木的母亲一样,成了一名女教师，然而，随着年龄的增长，她同哥哥一家逐渐疏远起来了。其原因是矢木、妹妹自己，还是波子呢？恐怕问题就出在这几个人身上，也或许是自然而然的结果。不过，波子确实同这位小姑子合不来，因为她们的生活习惯和性格都不一样，波子一见这位妹妹就感到，她是个和自己完全不同的、另一个世界的人，这种从婆婆那里传下来的血脉在丈夫身上也有所体现。

品子提起这位姑姑，矢木会如何回答呢？波子等待着。

"说起来，已经很久没同姑姑见面了，过年时总要给她寄张贺年卡吧？"品子没有在意父亲淡然的态度，"爸爸，今早您提过尼金斯基吧？谈起尼金斯基、尼采这些发狂的天才了吧？尼金斯基小时候，上面的哥哥死后，也只剩下他和一个妹妹了。"

今晚，高男回家也很晚，矢木提到高男的事，在波子听来就像是对自己说的，他莫非早已识破自己私会竹原的秘密，眼下正在绕着圈子敲打作为人母的自己？一姐一弟，一父一母，世界上再没有比这更亲的人了……

品子也觉得父亲话里有话，但她提起了那位姑姑，又说尼采是疯子，也就把重点从波子身上转移了。尽管品子没有嘲讽的意思，但波子听了，暗地里也猛然一惊，不由得落寞起来。

"妈妈！"品子呼喊道。

波子没有回答。

"睡着了，"品子对父亲说，"妈妈也喝热柠檬汁了吗？"

"啊，真可厌！"波子打了个寒噤，"这孩子怎么回事？"

波子感到，隐藏于女人内心的那种可厌、肮脏的小算计、小心思，如今正在品子心中发酵。

"妈妈也喝热柠檬汁了吗？"

这只是品子脱口而出的亲切关照罢了，波子深深叹了口气，可厌的是自己才对呀！她脑海中只残留着自己的丑恶姿影，自己应该正是被那丑恶冒犯，才有了空前的憎恶发作。

她仿佛已经看到了自己的丑态——仿若原封不动横躺在那里的丑恶女人的姿态。

是因为心中有愧，回家时才对丈夫发出邀请，还是因为惧怕罪责，便自顾自沉溺到起伏不定的情绪波涛中了呢？对丈夫，也对情人，那负罪的自觉是双重的；然而，正因如此，收获的喜悦仿佛也是双重的，与此同时，她对丈夫和情人又各多了一层奇特的罪恶感。

无论是厌恶、悔恨还是绝望，波子都想巧妙地隐藏起来。即日起，她已换了一副崭新的躯体。

这是为什么？是因为没有拒绝竹原吗？

竹原发现了波子的恐惧，未能同她接吻，但波子并非出于恐惧才拒绝竹原。

那种恐惧的发作，其实不就是情爱的爆发吗？这个想法在她铺好被褥时出现，犹如电光一闪，或许这正是波子的命运之祚吧。那一闪即逝的电光，似乎恰好照亮了波子的真面目。

恐惧的假象，可能把自己和竹原都骗了。

吾妻德穗、藤间万三哉夫妇联袂出演的舞

剧——《长崎踏绘》，在帝国剧场公演四天，最后一天，波子去看了。

五点开演，波子两点自北镰仓站乘车，先到银座贵金属商店卖了戒指，她本打算把它送给友子的。戒指换成钱后，拿出多少给友子好呢？波子一边走路，一边犹豫着。

"当时友子要是收下戒指，也不至于这样了。"

之前友子替波子跑腿，去过贵金属商店，如果当时友子收下了戒指，恐怕也会来这家店卖，可没过几天，波子就自己来卖了。如果直接把钱带回家，分给友子的部分会更少，所以她决定托人把钱直接送到友子家里，于是折回新桥站，当着办事员们的面数起一千日元一张的现钞。忽然，她以为竹原的手正在触摸自己的肩膀，不由得惊叫一声，转头看去，原来只是别的顾客的行李碰的。那是个青年，根本不像竹原，带着一件细长形状的行李。

"对不起。"

"没事的。"波子脸红了,心里却很热。

波子又数了一遍,把一万日元裹在手帕里,在手帕上写下友子的住址。

"啊?包在手帕里送去吗?"办事员惊讶地问,"还是装在纸袋里吧,这旦有。"

"请给我一个。"

当时她满脑子都是疑虑,想也没想就用了手帕,甚至没发觉自己的做法很离奇。然而,一离开这个让人不好意思的地方,她就不自觉地咯咯笑起来了。

刚刚一路走来,街边服装店橱窗里的男装尽入眼帘,一看到这些衣服,波子就会去想它们适不适合竹原穿,就仿佛唯有适合竹原的服饰,才会在街上耀目生辉,主动等待波子,召唤她来挑选。波子的头脑里,立即浮现出身穿新衣的竹原的姿影。好歹办完了友子的事,店内的男装显得更加灿烂夺目,波子一看到橱窗里的男式围巾,就感觉自己正伸手触摸着围着新围巾的竹原的脖子。她被吸引住了,最后买下了那条围巾。

"啊,真开心!不过,这件东西仿佛是友子代我买的呢。友子,这是你留下的临别赠品吗……"

波子嘀咕着,又买了一条毛织领带。她经过和竹原一起散步的护城河畔,前往帝国剧场。

她来得太早了,登上二楼一看,休息室的木柱和墙壁上挂着林武[1]和武者小路实笃的画像。波子想,到底是怎么回事呢?原来这里开了一家名曰"花与和平之会"的小卖部,可以看到诗人和作家题写的色纸[2],画像也是属于该会的。

波子坐在舒适的椅子上,眺望着林武的彩色粉笔画《舞女》。

"波子夫人!"有人拍了拍她的肩膀,"看得好专心啊。"

手到话到,波子心想,这回肯定是竹原了。然而,等她回头,她还是猛然一惊。

"好久未见了。"沼田换了副口气。

"久违啦……"

---

[1] 林武(1896—1975),日本西洋画画家,曾获日本文化勋章。
[2] 可用来写诗作画的一尺见方的硬纸板。

"在这样美好的地方,又遇到了您。"沼田说着,落座之前,他转头瞧了瞧那幅《舞女》,"真是一幅好画啊,手持团扇……"说着又走到画像前。

波子琢磨着,要是回家前一直被他纠缠,那可怎么办呢?这时,沼田的身子沉重地落在身旁,她的身体也向沙发的凹陷倾斜过去,她立即悄悄挪开了。

"上个月,我见到矢木先生了……"

"是吗?"波子不知道。

"我接到先生从京都寄来的信,叫我去幸田屋旅馆一趟。我去了,心想会是什么事呢?跑去一看,什么事也没有。我原以为,肯定是关系到夫人您的事吧,结果,先生反倒一心想从我这里打听点什么,比如竹原先生,或香山君的事……"沼田看着波子的脸色,"我——巧加应对,敷衍过去了,我们还谈起波子夫人的青春年华……"

波子试图用浅浅的微笑掩饰过去,可双颊仍染上了红晕。

"今天见到您,我可吓了一跳,您真是宛若怒放的鲜花,娇艳无比啊!"

"请别说啦……"

"不,真的像盛开的花朵!"沼田一再重复着,"我还劝矢木先生,尽早让夫人重返舞台,再现辉煌……"

"别开玩笑啦,我正考虑关闭排练场呢……"

"为什么?"

"没有自信。"

"自信?夫人,您知道吗?东京的芭蕾辅导班有六百多家,六百……"

"六百?"波子心头一惊,似乎很气馁,"啊,太可怕了。"

"据好事者调查,大阪有四百家……"

"大阪有四百家!真的吗?简直不敢相信。"

"加上地方的各个城镇街道,数量一定很惊人。"

"似乎有人说过,芭蕾不属于义务教育,这话我很同意。的确,眼下是芭蕾狂的时代,女孩子们都染上了舞蹈病,就像得流行性感冒一样。最近,一位舞蹈家从税务署那边听说,目前最赚钱的当数新兴宗教和芭蕾辅导。"

"居然是这样……"

"不过,我认为这种芭蕾热不可等闲视之。古典芭蕾不合乎日本人的生活习惯和体格,这些人的基础动作暧昧含糊,编排基本上也都是马马虎虎糊弄人的,竟然还举办公演,公众已经有所非议。全国各地无数女孩子都在蹦蹦跳跳、转来转去的,倒是真的很可怕。不过,爱而愈众,英才愈多;而垃圾不堆积成山,就不会引人注意。半吊子教师多多益善,半路掉队者亦然,大凡流行过热的事尽皆如此。我很乐观,日本的芭蕾很有希望,我的工作也一样,"沼田乘兴继续说下去,"东京的芭蕾辅导班,即使由六百家变为一千家也不稀奇,开得再多,水平差的也还是差,那时波子夫人的排练场自然就会水涨船高!"

"您可真会说话呀。"

"一句话,眼下不是沉沦气馁的时候,波子夫人也要靠芭蕾谋生。"

"谋生？"

"是啊，必须强化您的商业色彩，面对把芭蕾当作职业的人，这么说也许有些失礼，不过眼下这个时代，多少学习芭蕾的女子都把它当作职业，都想成为这方面的专家啊！"

"可不是吗，所以我觉得很可怕。"

"不这样不行啊，所以也不能让令爱只当作业余爱好……夫人当红的年代，我在各个方面都受了您很多照顾，为了报恩，我也应该全力相助，您就先举办一次公演晚会吧，新春伊始，夫人可以率先掀起新一年的芭蕾热潮嘛！矢木先生那里，我觉得不是问题，我可以和他商量，我正在劝您这件事，也已经先跟先生说过了。"

"矢木他怎么说？"

"他说：'四十岁女子即使还能跳，时间也会很短暂，最多到下一场战争为止。'唉，二十多年来，一直靠夫人养活，这时间可不算短啊……怎么说呢，他总是说什么'我的怀表啊，过去不曾差过一分',都把老婆逼疯了,还管什么表不表的。"

"我疯了吗?"

"疯了,不过,还不像吝啬的矢木先生那么疯……夫人,您恋爱吧,用恋爱重新上紧发条,"沼田睁大眼睛凝视波子,"是时候了,眼下正是离婚的好时机,就算真像他说的,能跳舞的时间不会很久……总之,您今天就像盛开的鲜花,娇艳无比……"

"您怎么了?"

"我想问您一下,夫人,昨晚您和竹原先生去银座散步了吧?有人看到了。"

波子不由一惊,难道被沼田看到了?

"我和他商量一下排练场的事。"

"有事尽管商量好了,您要是想背叛矢木先生,我一定站在您这边。就说排练场吧,位于日本桥中心,又靠近东京站,只要夫人经营有方,一定能获得惊人的收益,让我帮您一把吧。"

"嗯……比这些更要紧的是友子的事,友子,你知道的吧?要是可能,请给她个能赚钱的工作吧,拜托你了。"

"那孩子是不错,但独自一人还不行,最好同品子小姐组成一对,怎么样?"

"品子已经有归属了,她是大泉芭蕾舞团的成员。"

"让我考虑一下。"

开幕的铃声响了,沼田沉重的身子从波子身旁立起来。

"夫人,据说崔承喜的女儿战死了,您听说了没有?"

"啊,那孩子……"

波子不由得想起那个穿着友禅绸的长袖和服、身材修长、十岁光景的少女,二人曾在一个芭蕾晚会外的走廊偶遇。当时高耸在姑娘肩头的衣褶又浮现在波子眼前,当时姑娘是化着淡妆吧?

"那孩子挺可爱,可不,对了,正和品子一般大,她好像是劳动党的女战士吧?参加歌舞团,到前线慰问演出……?"

波子一边说着,满脑子还都是那个身穿友禅绸和服的女孩子。

"听说崔承喜曾有段时间逃到中国东北去了,毕竟她做过国会议员,还开办了舞蹈学校。"

"是吗?最近我和品子还谈起过她呢,她的女儿真是战死的吗?"就座后,那个少女的姿影也没有消泯,与波子心中的狂涛融为一体。

沼田那种一切尽在掌握的腔调,实在有些过分,波子正听得生疑,他突然就提到看到自己和竹原走在一起,这也没办法。不过,今天晚上还要同竹原在这里相会,怎样才能躲过沼田的眼睛呢?波子为此大伤脑筋,她明明知道竹原会晚到,却更加不安,时而环视观众席,时而注视剧场门口。正如沼田所言,他无疑站在波子一边,比起凭借经纪人的身份利用她,还是她使唤沼田的时候多一些。此外,沼田长期以来没完没了地缠着波子,很想钻她的空子,连品子他都想当作工具使用。看到波子决不动摇,不给他机会,便等着做波子的二号情人,换句话说,他巴望波子同其他男人恋爱失败,自己取而代之。

波子对待沼田既不拘束,也不掉以轻心。这二三年间,她尽量躲着沼田,沼田自然也和她疏远了,一见面,沼田肯定要说矢木的坏话,虽然她的心离矢木越来越远,但这些行为反而令她反感。

《长崎踏绘》的原作出自小说家长田干彦,是一出五幕七场的新舞剧,故事的主旨是殉教变成悲恋,悲恋变成殉教。

大仓喜七郎(听松)作曲,大和乐团演奏。虽然用的是西洋乐器,但演奏的似乎依然是日本风格的音乐。这出戏剧中既有清元小调[1],也有圣歌合唱。

第一幕的背景是诹访神社的秋季祭神节,选定神社的祭祀节日为背景,或许是为了强化遭禁的切支丹教的色彩,同时也可强调祭祀中的舞蹈场景。

---

1 清元曲,江户净琉璃之一派,清元延寿太夫作曲,曲调轻快洒脱。

"看过《彼得鲁什卡》中的节日,日本的节日就显得太冷清了,"休息的时候,沼田说道,"日本的物哀,亦如此也。"

因为沼田一直缠着自己不放,波子决定下次幕间休息不到走廊上去。昨天,她送给竹原一张票。两张票的座席离得很远,反而使波子更加担心了。直到临近闭幕的第六幕,竹原才赶来,他站在门边,眼睛不断搜寻着下面的座席。

"这儿。"波子一边呼唤,一边站起来,走了上去。

"啊,我来晚啦。"

"我还以为你不来了呢。"波子蓦地抓住竹原的手。当她意识到这一点,立即放开时,发现手里握着竹原的一只手套,她是帮他脱了手套吗?

"佩卡利[1]……?"波子拿起来看了看,塞进竹原的口袋。

"什么佩卡利?"

---

1 耳西猯,一种较之野猪形体更小的灰色野兽。

"西猯皮。"

"我不知道啊。"

"沼田君来了,他说昨晚在银座看到了我们……"

"是吗?"

"回头出去时,我不想被他发现啊,"波子顺着台阶,向自己的座席走去,"哎呀,腿有些不对劲,刚才等你的时候,膝盖以上的部分太用力了。"说罢,波子放松肩头离开了。

开幕就是行刑的场面。

殉教者们的身子被残酷地拖走,一个名叫清之助的手艺人受了磔刑,他的恋人阿市夜里潜入刑场,一边仰望十字架上逝去的恋人美丽的容颜,一边跳舞。

吾妻德穗的舞蹈看得波子泪流满面。竹原来了,她可以专心致志地观舞了,她的感动是率真的、鲜活的、无穷无尽的,就像在为自己感动。但是,舞蹈将要结束时,波子却蓦然站起来,招呼竹原一同离开。竹原也望着波子,应声来到她身旁。

"下一场就是《长崎踏绘》,我们还是逃走吧?"

"你想逃?"

"不是因为害怕,我已经不再说害怕了。"

竹原本以为,波子只是为躲避沼田的目光才退场,可她说不再害怕了,那话音深处蕴含的娇媚深情,使他惊叹不已。

"难得来一次,你只看了一场,"波子的心态显得很乐观,"我好像也只看了一场呢。吾妻女士的舞蹈一定有种魔力啊,我从神思恍惚中突然醒来时,就看到她在舞台上跳舞。她的两件演出服都非常华美,一件是胭脂红的天鹅绒底子,绣着银波;一件是鹅黄的天鹅绒底子,绘着花草纹。"

接着,波子打开手里的纸包给竹原看。

"我想,这条围巾也许很适合你,就买下了。"

"送我的?"

"要是不合适就糟了。"

"很合适啊，我们认识这么久了，心中都很清楚对方的身材，肯定合适的。"

"啊，太好啦！"

接着，波子心怀歉意地谈到了友子，说卖了戒指，把钱寄给了友子，还买了这条围巾。结婚前，波子就同竹原时而亲近，时而疏远，二十多年了，也不是现在才开始找竹原商量对策的。犹豫了一阵子，她才提到矢木的秘密存款。

"这件事嘛，"竹原陷入沉思，"不是很可怜吗？"

"你是说矢木吗？"

"不过，或许不止'可怜'那么简单。"

他俩避开日比谷线电车轨道，走在晦暗的道路上，迈入昴座剧场前明亮的灯光里。波子无意中一回头，就看到高男站在那里，正凝望着母亲。

"妈妈！"高男抢先喊了一声，从剧场售票处走过来。

"啊，你怎么啦……？"波子停住脚。

高男说他是和朋友一起来买戏票的。

"刚来吗?"波子简短问了一句。

"是的,和松坂君一起来的……我想向妈妈介绍一下松坂……"高男说罢,也跟竹原打了招呼,那诚恳的样子,使得波子稍稍放心了。

"这是松坂君,近来我们成了最亲密的朋友。"

波子一见到站在高男身边的松坂,就仿佛梦中遇到妖精一般,留下了深刻的印象。

"找个地方休息一下吧,你们也一道来吧,怎么样?"竹原说道。说的时候,他既没有面对波子,也没有面对高男。

他们走向银座,随后进入附近的温莎尔旅馆。竹原在入口处寄存了帽子,波子在他身后悄悄掏出围巾的纸包,说道:

"回去时把这个也带上吧……"

一

山那边

品子带着研究所新来的四个少女,前往银座的吉野屋商店。

这四个十三四岁的女学生都来自同一个班级,又一起被选进研究所学习,这是很罕见的事。她们四人都梦想做芭蕾舞者。

她们想马上买舞鞋。品子解释说,暂时不会马上练习脚尖站立,但对于少女们来说,穿上舞鞋毕竟是通往理想不可或缺的一步,品子只好带她们去鞋店。走进吉野屋商店,少女们都为买舞鞋感到自豪,还瞧不上那些选购普通鞋子的一般女顾客。

有男友代为挑选鞋子的女子,各自一副娇媚动人的样子;而独自前来、不知道买什么式样的女子,有的极为认真,有的则涨红了脸孔……品子则站在远处观望这一切,不由得感叹这个世界的奇妙。

品子说自己接下来要顺路去一趟母亲的排练场,然后到帝国剧场观看《普罗米修斯之火》,少女们吵着要跟她一起去。

"我们都想尽快在排练场穿上舞鞋跳起来呢,可以吗?"说罢,穿着普通鞋袜的少女们随即在银座大街跷起脚后跟摆起姿势来。

"不行啊,大泉研究所的人是不可以在别的排练场穿着舞鞋跳舞的。"

"品子小姐的母亲不是外人。"

"正因为是母亲,所以更不行了,她或许会批评我的。"

"就参观一下排练场,行吗?很想看看呢。"

"参观也不行的……刚进大泉研究所就要看别的地方……"

"那么,送您到门口都不行吗?"

《普罗米修斯之火》到深夜才结束,品子为劝说姑娘们趁早回家，开始说明江口舞蹈团的舞蹈技巧和古典芭蕾的不同。一个少女却说：

"可以参考呀。"

"参考？"品子咯咯笑起来。

然而，少女们的希望与好奇心，还是裹挟着品子来到波子的排练场。少女们用认真的目光，望着排练结束后正准备离开地下室回家的少女们。她们都是脚穿舞鞋的同类，不是一般女子。

同少女们告别后，品子来到地下室的排练场。

波子正在小房间里，和五六位学员一起换衣服，于是品子走到小桌旁，随意地打开唱片机，播放的是贝多芬的《春天奏鸣曲》。她也清楚地知道，这支曲子蕴含了母亲对竹原的回忆。

"让你久等了，"波子走了过来，一边对着镜子整理头发，一边问，"品子，你见过高男那位名叫松坂的朋友吗？"

"我听高男说起过他，虽然没见过，但听说长得很帅是吧？"

"是很帅，不过那种帅，却是一种不可思议的妖艳的美……"波子坠入幻想之中,"昨晚,高男向我介绍了他,在从帝国剧场回来的路上。"

波子想,女儿知道她去看《长崎踏绘》,既然那时儿子已经撞见她同竹原在一起,她早晚也会知道,那不如干脆自己说出来算了。

"我很惊讶,怎么会有这样的人呢?既不像地上的人,也不像天上的人;同日本人不一样,也没有西洋人的做派;脸色浅黑,并非深黑,也不是麦黄色……怎么说呢?那皮肤上,总有一层微妙的光亮,既像个女孩子,又有点男子气……"

"不知是妖是佛?"品子轻声问道,满心疑虑地看看母亲。

"或许是妖吧,交上那样的朋友,高男自己都变得怪里怪气的啦。"

波子从松坂身上看到了不祥的天使的形象,这是确定无疑的。她正和竹原一起散步时,高男突然出现,她立即收住脚步,眼前一片黯淡。黑暗之中,松坂犹如一束奇异的光,独自站立,这就是他留给波子的印象。被沼田发现,又被高男发现,她前进的脚步被封锁了,当她感到运数已尽时,不巧又遇到了松坂。走进温莎尔旅馆,她一边喝着红茶,一边仍似看非看地盯着松坂。她同竹原的关系似乎即将由此结束,甚至彻底破裂,正逢心情抑郁之时,同她毫无干系的松坂就在眼前,似妖精般美艳无比,她以为,或许这是命运的某种暗示。高男和朋友在一起没什么奇怪的,抑或松坂的美艳,对她起到了奇妙的作用。酒店内部的座席和大厅相连之处,挂着一道薄纱帷幔,松坂的面孔就浮泛在帷幔的浅蓝之中,透过帷幔看过去,大厅一片朦胧。

波子只得告别竹原,同儿子一起回家。直到今天,松坂的模样依旧如影随形。

"高男是什么时候同他交上朋友的呢?"

"就是最近吧?一下子就热络起来了,"品子回答,"妈妈,还继续放吗?"

"算了,咱们走吧。"

《春天奏鸣曲》第一张唱片的反面,正是第一乐章快板[1]的结束部分。

"什么时候带到这里来的?"品子一边收拾唱片,一边问。

"今天。"

波子想,今天是见不到竹原了。

连续两天,波子都去了帝国剧场。今晚是江口隆哉和宫操子在本次秋季会演中的第一场公演,应邀出席的有舞蹈家、舞蹈评论家、音乐记者,以及其他受邀的客人,其中或许会有不少波子的熟人。波子吸取了昨晚的教训,没有再邀请竹原,也因为今天是品子邀请波子的。品子也从高男那里听说母亲昨晚同竹原在一起,但她着实没有想到,妈妈今晚还想见竹原。

波子本想给竹原打个电话,本想等到学生散了之后再说,不料品子来了,电话终究没能打成。自昨晚到今朝,矢木并未说什么,家里也没发生什么事。不过,波子连这些也想告诉竹原,只有

---

1 指代节奏比较快的乐章的速度,此外还有慢板、行板、柔板等。

听到竹原的声音,她心里才会踏实。

电话没打成,波子突然难过起来。

"不知怎的,最近不愿看什么舞蹈演出。"

"为什么呢?"

"或许因为不愿见到那些老熟人吧,对方不知如何跟你打招呼,你也不知道如何回应,彼此都很尴尬。时代变了,已经没有我的位置了吧,可老熟人还会对你做出相忘已久的样子。"

"哪儿会呢,是妈妈自己多虑了吧。"

"是的,战争期间被人丢弃不管,这是事实,也许是我自作自受吧。经历过战争的人感到厌世也并非罕见,我的心灵或许变得纤弱了……"

"妈妈心性一点也不弱啊。"

"是吗?有人规劝过我,自己这样,也会让孩子们变得唯唯诺诺。"

那时,竹原曾在皇居的护城河边这样告诫过她,那时二人正钻过不知是通向京桥站还是马场先门站的电车轨道和"国铁"轨道交会的高架桥洞。高大的街道树早已落光了叶子,皇居森林上空升起了细细的夕月。

波子心中闪烁着青春的火焰，随口说了相反的话：

"到底还是得上台表演啊，宫操子她们确实了不起。"

"宫操子的《苹果之歌》和……《爱与争夺》？"品子举出舞蹈的名字。

《苹果之歌》伴有诗朗诵，唤起"棒棒女郎"[1]翩翩起舞；《爱与争夺》则为退伍士兵的群舞，男舞者们穿着汗迹斑斑的褪色军服，或是白衬衫和黑裤子；女舞者们则穿一件连衣裙跳舞。

古典芭蕾中并没有这样的设计，战后的众生相被生动地编入这两支舞中，品子记得以前也看过这样的舞蹈。

"经历过战争的人里跳得好的不只宫操子，妈妈也是啊。"

"下次跳跳看。"波子也应了一声。

---

[1] "二战"后专为在日美军提供性服务的街娼。

六点开幕，二人提前二十分钟到达。波子为了避开人们的视线，在座席上一动不动，她今晚的座席依然在二楼。

品子提起那四个女学生。

"是吗？四个人到一起啦？"波子微笑着说，"不过，你在这个年龄的时候，已经在舞台上崭露头角了。"

"嗯。"

"最近，有个四五岁的女孩子想到我这儿来学舞蹈，说想做芭蕾舞者……这不是她自己的意愿，而是她母亲的。日本舞中就有从四五岁开始学习的，西洋舞里也不是没有，但我拒绝了，劝她至少上过小学再来……但我并不想嘲笑她的母亲，因为你出生后，我就想叫你学习跳舞，这也不是你的意志……"

"是我的，我四五岁时就想跳舞了。"

"因为妈妈在跳，又时常领着幼小的你观看演出……"波子在膝前用手比画着，"我牵着你的小手，带着你……"

其实,那些音乐神童也都是父母一手培养起来的。尤其是日本艺术,有家族、流派、袭名,以及很多代代相传的因习,很多孩子被命运的绳索捆住了手脚,波子有时也会从这个角度思考女儿和自己的情况。

"那么小的时候就开始……"这回是品子把自己的手伸到前面,"我就想像妈妈那样跳舞,和妈妈一起站上舞台的那天,我真的太高兴了!已经是多少年前的事了啊……妈妈,继续跳舞吧。"

"是啊,趁着妈妈还能跳,就在舞台上给品子当个配角吧。"

昨天沼田也说,希望波子办一场春季公演,可费用如何筹划?波子如今什么依靠也没有。竹原的姿影留在她心中,她害怕这两件事会搅到一起去。

"女学生们来了吗?我去找找看。我说两种舞蹈技巧不一样,叫她们回去,但她们又说可以做参考……真是令我惊讶啊。"品子站起身离开,又在开幕铃声响起时回来了。

"也许回去了,也许在三楼的座席……"

前面是几组短舞,《普罗米修斯之火》在整场演出的第三部分。该舞剧由菊冈久利编舞,伊福部昭作曲,东宝交响乐团演奏,以古希腊神话中普罗米修斯的故事为依托,共四幕。从序曲的群舞开始,就不同于古典芭蕾,立即把品子吸引住了。

"哎呀,裙子是连在一起的!"品子惊讶地说。

十个女舞者跳起序曲舞,舞者的裙子连在一起,看上去就像几个女子钻过一件大裙子底下起舞。青春的波涛汹涌澎湃,时而扩展,时而聚合,暗色的裙裾就像是象征性的前奏。

第一幕是不知火为何物的人们黑暗中的群舞;第二幕是普罗米修斯手持干枯的芦苇,盗取太阳之火的火焰之舞;第三幕是擎过火把的人们欢乐的群舞;终幕是普罗米修斯盗取天火持往人间,后被绑在高加索峰顶的岩石上。

第三幕的圣火之舞,是这出舞剧的高潮。这一幕昏暗的舞台正面,普罗米修斯的圣火熊熊燃烧着，火把从人们手中一个接着一个传递开来，获取圣火的人不久便挤满了舞台，跳起欢快的火之舞。五六十位女舞者，其中也有男舞者，各自手持燃烧的圣火，狂跳不止，赤红的火焰照亮了整个舞台。舞台上的圣火，好像也在波子和品子母女二人胸中燃起了。舞者服装素朴，在微暗的舞台上，通过光裸的手臂和腿脚，展现了生动而鲜明的表演。

散场后，品子还在回味那些舞蹈动作——这出神话舞剧中，火焰意味着什么？普罗米修斯又意味着什么？如此想来，似乎从各种意义上都解释得通。

"圣火之舞的下一幕，便是普罗米修斯被缚于高山悬崖的岩石之上了，对吧？"品子对母亲说，"他将被大黑鹫啄食肌肉和心肝……"

"是的，四幕舞剧结构紧凑，场景转换清晰自然，给人留下了很深的印象。"母女二人缓缓走出剧场。

四个女学生正在等品子。

"哎呀，你们来啦？"品子望着四个少女，"我去找你们了，没找到，以为你们回去了……"

"我们坐在三楼。"

"是吗，有意思吗？"

"有意思，是吧？"一个少女问起同来的另一个少女。

"不过，我有些胆战心惊，有些地方挺怕人的。"

"是吗？快点回去吧。"

但是，少女们还是跟在品子身后。

"舞蹈家也会坐在三楼吗？"

"舞蹈家？谁啊？叫什么？"

"似乎叫香山吧？"那个少女又看向同来的另一个少女。

"香山先生？"品子停住脚步，"你是怎么知道是他的？"她转头盯着少女。

"我们身边的人闲谈时，有人提到香山也来了……所以我想那位可能就是香山……"

"是吗？"品子立即面色和悦地问道，"提起香山的人长什么样?"

"那个人吗?我没仔细看,是一位四十岁光景的男士。"

"那个叫香山的人,你也看到了?"

"嗯,看到了。"

"是吗?"品子心中顿时淤塞了。

"身边的人一见那位香山就议论纷纷,我们也只是往那边看了一眼。"

"他们说了些什么?"

"那个叫香山的,是位舞蹈家吧?"少女们用探询的目光看向品子,"他们都谈论着香山的舞蹈,说不知道他如今到底怎么样了,还说他放弃跳舞太可惜了……"

十三四岁的女学生们,不知道香山是谁也是自然。战后,香山不再跳舞,被埋没了,可他刚刚就坐在帝国剧场三楼,真是难以置信。品子问母亲:

"真的是香山先生吗?"

"也许是的。"

"香山先生是来看《普罗米修斯之火》的吗?"品子问道。她是在问妈妈,更是在问自己,声音愈发低沉了。

"他在三楼……是不想被人看见吧?"

"或许是的。"

"即便得悄悄躲藏起来,也想观赏舞蹈,莫非香山先生的心情有了变化?他是特意从伊豆赶来的吧?"

"哎呀,这个嘛,也许是来东京办事,顺便到这里;也可能在哪里看到了《普罗米修斯之火》的海报,就过来看看吧。"

"顺便看看?他不是那样的人。香山先生来,一定有他的原因,一定是的。说不定我们的演出,他也悄悄来看了呢……"

波子觉得,女儿已经展开了想象的翅膀,在天空翱翔。

"香山先生看得很认真吧?"品子问少女。

"不知道。"

"什么打扮?"

"一身西服?没看清楚啊。"两个少女望向彼此。

"这个人呀,到东京也没告诉我们一声,怎么会这样呢?"品子悲戚地说,"我们坐在二楼,香山先生上了三楼,我竟然没想到……到底是怎么回事啊?"她突然凑到母亲跟前,说道,"妈妈,香山先生肯定还在东京站,我去找找看,好吗?"

"是吗?"波子安慰女儿说,"香山先生要想悄悄躲着,就让他一直躲着不好吗?他不愿意被人发现啊。"

然而,品子已经有些急了。

"既然香山先生放弃了舞蹈,为何还要前来观看舞蹈呢?我只想问问他。"

"那你快点去吧,不知道他还在不在车站……"

"好的,我先去看看,妈妈随后来就行……"品子说罢,一边加快脚步,一边对四个女孩子说,"你们快回去吧。"

波子朝女儿离去的背影喊道:

"品子,在车站等着我……"

"好的,就在横须贺线电车的站台。"

品子一阵小跑,等到回头看去,母亲的身影已经很远了。于是她撒腿奔跑起来,越是心急,就越坚信香山会在东京站候车,而且马上就会离开。

她气喘吁吁,心潮起伏,犹如被波涛裹挟,又像熊熊火焰飞升而去。她看到《普罗米修斯之火》舞台上舞者手里高擎的火炬,那火炬如今就在自己心里燃烧,火焰对面,香山的面孔时隐时现。

微暗道路两侧的古老洋馆几乎全被占领军征用,所幸这里少有行人,便于品子继续奔跑。

"挥鞭转[1],三十二次,三十二次……"品子自言自语,借此分散注意力,缓解疲劳。

《天鹅湖》第三幕,魔鬼的女儿变为白天鹅,单足直立,迅速旋转。能旋转三十二次或三十二次以上,永葆健美之丽姿,是芭蕾舞者终生的骄

---

1 芭蕾动作之一,以单腿足尖为轴心,迅速绷直并高抬另一条腿,旋转身子。

傲。

　　品子还没有担当过《天鹅湖》的主角，但她经常练习挥鞭转，以增加旋转次数。这"三十二次"，是她喘不过气时给自己加油打气的口号之一。

　　到达中央邮局后，品子放慢了脚步，一边向四面八方瞭望，一边登上横须贺线电车的月台，她看到不断有乘客登上开往湘南的电车。

　　"肯定是这趟，终于赶上啦！"

　　品子还没来得及平静一下呼吸，就开始透过车窗逐一向车厢内窥探。那些已经看过的车厢，她也惦记着，担心那些站着的人里会有香山。还没等她走到车尾，发车的哨子就已经吹响，她赶忙纵身跳上车。

　　"啊，妈妈……"品子想起自己和妈妈约好来这里的，"可以到大船见面。"

　　品子站在车厢的过道，扫视着乘客。她觉得香山肯定在这趟电车上，打算仔细找一遍，一个角落都不放过。

到达新桥站,车内越发拥挤了。电车抵达横滨之前,品子已经把所有车厢都看了一遍,仍没有香山的影子。

"会不会是下一趟,还是坐的火车?"

香山很久没来东京了,他也许想逛逛银座大街了。

等抵达横滨站,要不要换乘下一趟火车呢?品子犯了犹豫。不过,她依旧感觉香山就在这趟电车里,自己只找了一遍,或许漏掉了,直到在大船站下车时,品子还是这么想。

她在站台上一边走,一边往车窗里窥探,电车开动了,她停下脚步。随着车窗内的人一一迅速闪过,品子仿佛被这趟电车吸引住了。

这是驶往沼津的电车,香山应在热海站换乘伊东线,假如品子也乘这趟电车,在热海站或伊东站突然站到香山面前……良久,品子目送着电车,直到它消失在视野里。黑夜的原野上似乎浮动着普罗米修斯的影像。被捆绑在高加索顶峰岩石上的普罗米修斯,被秃鹫啄食着肌肉和心肝,受尽风雪侵凌。这时,一头白色母牛从山下走过。主神的妃子朱诺[1]出于嫉妒,将美丽的少女伊娥变成母牛,普罗米修斯对母牛伊娥说,向南走,再向西走,走到遥远的尼罗河畔去吧。于是,母牛在那里恢复了美女的原形,做了国王的妃子。后来,国王的血脉、勇士赫拉克勒斯诞生,为普罗米修斯砸断了捆绑他的铁索。宫操子扮演母牛伊娥,她的舞蹈充溢着哭诉般的憧憬,沉浸在无限的、谜团重重的悲苦之中,那悲苦也浮现在品子眼前。她莫名感到自己就是伊娥,香山就是普罗米修斯。

品子换乘横须贺线电车,在北镰仓站下车,等待母亲。

"哦,品子,你到哪儿去啦?"波子看到女儿,随即放下心来。

"我乘了'湘南电车'[2],急匆匆赶到东京站

---

[1] 对应古希腊神话中主神宙斯的妻子赫拉,此段提及的普罗米修斯、伊娥、赫拉克勒斯皆为古希腊神话中的人物,唯有"朱诺",原作者使用了古罗马神话中的名字。

[2] 日本国有铁道东海道本线于湘南地区区间行驶的电车的昵称。

时，看见马上就要发车了，我想香山先生肯定在这趟车上，所以就上去了。"

"那香山先生呢？"

"他不在车上。"

母女二人沉默着走出车站，跨过轨道，向圆觉寺方向走去。看到樱花树的影子落在小路上，泜子说道：

"你不在东京站，我还以为你和香山先生一起到哪里去了呢。"

"我要是在东京站碰到香山先生，肯定会在站台上等妈妈的。"品子的心情尚未平静。

自己在二楼，香山在三楼，这让品子感到，香山猛然向自己逼近了。

她们回到家中，看到矢木正在餐厅地炉边和高男面对面谈话。

"您回来了。"高男的脸有些紧绷，他抬头望向母亲，"今天我遇见松坂了，他托我向妈妈问好。"

"是吗？"

矢木不悦地沉默着,刚刚父子俩似乎在谈有关波子的传言。

波子心里一阵气闷。

"松坂说,妈妈很漂亮,惊艳到他了。"高男说道。

"我也觉得他长得帅,很惊奇呢。他是你什么朋友呢?"

"什么朋友?"高男翻了翻眼珠,突然羞怯了,"同松坂在一起,我感到很幸福。"

"是吗?那孩子使你感到很幸福?不过,我见了他,倒像见了个小妖精……男孩子都会有从少年向青年转变的时期,有的人快些,有的人则不太显眼,各有各的特点。不过,他的转变倒是不太寻常。"

"高男也处于转变期,"矢木从旁插了一句,"你要多多爱护他啊。"

"啊……"波子看了看矢木。

"今晚上又是和竹原君在一起吗?"

"不,和品子……"

"哦,今晚和品子在一起?"

"是的,品子去排练场请我……"

"是吗?和品子在一起很好,不过,你最近有没有同高男在一起过呢?除了你同竹原君一道散步撞见高男那次?"

波子极力抑制住双肩的颤抖。

"你不想同高男在一起吗?"

"哎呀……当着高男的面,怎么可以这么说话?"

"没关系,"矢木沉静地说,"自从高男出生,已经二十年了。这段时间,要说家人,不就是我们四口人吗?我真希望大家都能相互爱护,一起好好过日子啊!"

"爸爸!"品子叫道,"如果爸爸爱护妈妈,大家也都会相互爱护的。"

"唔?品子确实会这么说。但是,品子你只看到妈妈成了爸爸的牺牲品,其实并非如此。夫妇长年相守,谈不上一方成为另一方的牺牲品,一般都是一起垮台。"

"一起垮台?"品子凝视着父亲。

"就算一时垮掉,难道不能相互扶持,重新站起来吗?"高男插了一句。

"这个嘛……女人自己垮掉了,大家却总认为是丈夫打倒了她。

"于是,以为是被丈夫打倒的,就想靠别人的手再站起来。尽管是自己垮掉的。"

矢木翻来覆去说了好多遍,并且夹杂了"别人的手"这个词语。

"爸爸妈妈都没有倒。"品子蹙起眉头说。

"是吗?可妈妈现在正摇摇欲坠吧?品子,你一直是偏袒妈妈的,不过,你认为妈妈和竹原君这种奇妙的关系,可以维持下去吗?"

"我认为可以。"品子明确回答。

矢木安然地笑了。

"高男,你看呢?"

"我不想回答这个问题。"

"那倒是。"矢木点了点头,高男敏锐地追问道:

"不过,妈妈的确动摇了,爸爸也应该看到了。家里的日子越来越苦,可爸爸却熟视无睹,这才是我最苦恼的事。"

矢木转过脸,不再看高男,转而仰望波子头顶良宽题的匾额,看着上面的"听雪"二字。

"但是,这背后也有历史,这二十年的历史你并不了解啊。"

"历史?"

"嗯,我不太想再提起。战前,我们家的生活很奢侈。不过,那是妈妈,不是我,我从来都没奢侈过。"

"但咱家的日子变得艰难,并非因为妈妈过得奢侈,而是战争造成的啊。"

"那当然,我指的不是这个。我是说,即使在家中生活奢侈的年月,也只有我一人一直在心理上过着贫穷的日子。"

高男受挫般地"啊"了一声。

"在这一点上,品子就不用说了,就连高男,也是从妈妈的奢侈中诞生的孩子,真是三个富人养活一个穷人。"

"怎么能这么说呢……"高男语塞了,"我不太明白,不知怎的,我感到自己对爸爸的尊敬受到了损伤。"

"我做过你妈妈的家庭教师,你不知道那段历史。"

波子觉得,矢木的话句句都合乎事实,然而,她不明白,丈夫为何要提起这些旧事,听上去就像要将郁积心底的憎恶一吐为快。

"你妈妈也许以为自己被我伤害了二十年。不过,果真如此吗?要是这样,那么品子和高男的出生不也成了坏事了吗?你们姐弟应该向妈妈道歉才是啊。"

波子感到心灵深处都冷透了。

"您是说,我和高男都该向妈妈道歉?说生下来真对不起?"品子反问。

"是的,假如你妈妈后悔同我结婚……最后不就会这样吗?"

"只向妈妈道歉,不向爸爸道歉行吗?"

"品子!"波子厉声喝止了品子,却对矢木说道"怎么能对孩子们说这么无情的话呢?"

"我只是打比方……"

"是这样啊,"高男插话道,"我们都已经生下来了,这也好,那也好,我们听了也没有实感,就连爸爸自己也没有实感,只是说说罢了。"

"我只是打个比方。两个孩子也都二十多岁了 假如你们的妈妈依旧对我不满意,我只会对女人顽强的想象力备感惊奇。"

波子被丈夫的这句话击中,不由得困惑起来。

矢木进一步说道:

"竹原君不也就是个凡夫俗子吗?你向往他,不正因为他没同你结婚吗?他只是个幻想中的人物 "矢木笑了,"真可谓是'女人一旦胸间中箭就无法拔除'呀。"

波子不明白他是何意。

"两个孩子都二十多岁了,"矢木又重复了一遍 "从小姑娘长到二十岁,便几乎已经过完作为女人的一生了,而你的一生已经在毫无意义的幻想中度过,事到如今也追悔莫及了。"

波子低下头来。丈夫的真正意图在哪里呢?她实在猜不出。尽管矢木说的句句都合乎事实,但缺乏连贯性。矢木想在谴责竹原的同时,通过语气平静的嘲弄调侃一下波子,这也并非没有可能。不过,波子也看到了矢木的空虚与绝望,如此崩溃般的孤注一掷,是他从未有过的。

波子不曾见矢木当着孩子们的面,如此暴露过自己的耻辱。矢木似乎要孩子们认识到,母亲受到伤害,父亲也会受到伤害;母亲倒了,父亲也会倒下。此种说话的方式,会给予品子与高男怎样的震动呢?

"如果说全家四口应该相互体贴……"波子声音打战,说不下去了。

"品子,高男,你们仔细想一想,凭着妈妈的做法,用不了多久,就会卖掉这个家,全家人都得裸着身子。"矢木一吐为快。

"没关系的,妈妈,您可以尽早毁掉一切。"

高男耸着肩膀说道。

波子家这座宅子，既没有大门，又没有围墙，团团小山环抱着庭院，山与山之间的缺口自然成了出入口。这里是山洼，冬天温暖，阳光普照。入口左右，各有一间小小的厢房，右边那间虽说过去是别墅看门人的居所，但也足见波子父亲在建筑上的偏好。这间厢房也是战后租给竹原住过一段时间的那间，眼下是高男在住，波子要卖的也是它。左边的厢房则住着品子。

"姐姐，我可以去一下你那里吗？"高男离开堂室时这样问道。

品子手里拿着盛满炭的铁铲，黑暗的庭院中，燃烧的火苗在外套的纽扣上反射出光芒，她低着头往火钵里加炭，手却在打战。

"姐姐，对于爸妈的事，你是怎么想的呢？如今，我既不感到惊讶，也不感到悲伤，我是男人嘛……对家庭，对国家，都不抱幻想，即便没有父母之爱，我也能独立生活下去。"

"我们有爱，既有母爱，也有父爱……"

"这种爱是有的,但如果父母之间也有爱,汇成一股暖流,倾注在儿女身上,那该有多好。如此各自流动,我呀,既要理解父亲,也要理解母亲,实在太累了。我们身在这个不安的世界,又正处于易感不安的年龄段……父亲是怎么说的都不要紧,他们一起生活了二十年,不是也不知道夫妇不和的原因吗?如果我们要为出生而道歉,只能是向自己、向不安的时代道歉。父母并不理解我们,事到如今,父母也不可能抚平子女的不安。"

高男一边滔滔不绝地说着,一边不停对着火苗吹气,烟灰飞扬起来,品子抬起面孔。

"妈妈说像妖精的那个松坂,见了妈妈一面就问我:'你妈妈在恋爱吧?'他还说,这是一种悲伤的爱,给人一种乡愁的感觉,看到恋爱的妈妈的身姿,就能感知爱的滋味……与其说他喜欢妈妈,毋宁说他喜欢妈妈的恋爱。松坂虽然属于虚无主义者,但他的虚无却像濡湿的妖艳花朵般……也许他的魔力也附到了我身上,我并不觉得妈妈的恋爱有何不贞之处。可是,妈妈是不是以为我在为爸爸做眼线、监视妈妈的行动,从而憎恨我呢?"

"谈不上憎恨……"

"是吗?我确实在监视妈妈,我偏爱爸爸,尊敬爸爸,这是肯定的。但我偏爱和尊敬的,是受妈妈照顾的爸爸,被妈妈背叛的爸爸则令我深感幻灭。"

品子的心窝仿佛被人重击了一拳,她看着高男。

"不谈这些了,姐姐,我或许要去夏威夷读大学,爸爸正在为我联系。他怕我留在日本会成为一个激进主义者,他还让我在一切妥当前瞒着母亲。"

"啊?"

"爸爸也要去美国的大学教书,正在准备各项事宜。"

虽然高男说还没完全定下来,但更使品子感到惊讶的,是父亲瞒着妻子和女儿独自策划了这一切。

"撇下我们母女而去?"她嘀咕着。

"姐姐也可以去法国或英国嘛,我想……把这个家,还有母亲的东西,通通卖掉……纵然维持现状,将来也会一无所有……"

"全家离散?"

"住在一个屋檐下,不也是各人有各人的想法?现在挤在同一条沉船上,大家却都在奋力挣扎……"

"照你刚才的意思,要把妈妈一个人留在日本吗?"

"会吗?"高男的语气听上去就像父亲,"不过,妈妈或许也想获得解放。哪怕很短暂,让她的一生中有一段可以独自一人的时光,她会是什么心情呢?二十多年了,她一直在为我们三人服务,如今她在叫苦连天,不是吗?"

"啊呀,干吗这样冷言冷语的。"

"看来爸爸认为,把我留在日本很危险,因为我等不像过去的人那样,把国家当作骄傲和依靠。我觉得父亲的想法很新鲜、很有趣,不是为了让我出人头地和精进学业去国外,而是认为如果我待在国内,就会堕落、毁灭,处于危险之中,所以把我赶出日本。夏威夷的本愿寺有父亲的朋友,他可以向我发出邀请,我会在那里工作,不再回日本。爸爸同我的意见一致,我将成为一个具有国际化视野的人,其中既有希望,又有绝望……父亲这是在给我打麻醉啊!"

"麻醉?"

"细想想,把儿子丢到国外,作为父亲,他也有可怕的一面。"

品子看到高男修长的双手紧握成拳,在火钵边缘来回摩挲着。

"妈妈真傻,"高男撂下一句,"姐姐要想学好芭蕾,还是应该尽早走向世界,否则就会一生渺茫,一事无成。再说,不管走到哪里,一年还是一年。近来,我一想到这些,就对这个家无所留恋了。"

高男还说,父亲之所以要去美国或南美洲,是因为害怕再次发生战争。

"姐姐，一家四口人，各自去了四个国家，各人过各人的日子……一想起日本这个家，还会泛起怎样的情爱来呢？我一旦寂寞起来，就会这样胡思乱想。"

高男一回对面的厢房，就只剩品子一个人了。她一边拭去脸上的白粉，一边凑近镜子，窥视自己的眼眸。父亲和弟弟心底的洪流，总叫人觉得有些可怖，然而，镜子中的眼睛一闭起来，被绑在山岩上的普罗米修斯的身影就出现在她眼前，她一心认为那就是香山。

当天夜里，波子拒绝了丈夫。多年以来，她既没有明确拒绝过他，也没有主动向他要求过。尽管一段时间里，波子都觉得这样有些奇怪，后来也只得承认这就是女人的做派，听其自然了。不过，后来她发现，拒绝一次也不会怎么样，不过是顺势而为罢了。

不知怎的，波子突然一跃而起，紧紧拢住睡衣的领子坐在那里。矢木大吃一惊，以为是她身上哪里疼痛难忍，于是睁开眼睛看向她。

"这里似乎插进根棍子，"波子迅速抚摸了一下胸口到心窝的部分，同时说，"请别碰我。"

对于这次突然的拒绝，波子自己也甚为不解，涨红了面孔。她那抚摸胸膛的手势，简直就像小孩子，团缩着身子，看上去羞怯难当。

矢木没有注意到波子惊恐不安的样子，波子关掉枕畔的电灯，躺下了。矢木从背后温柔抚摸着妻子"插进棍棒"般的胸膛，她背脊的肌肉却冷然震颤起来。

"这里？"矢木摁住紧绷的背部肌肉。

"不用了。"波子扭过胸膛想避开，矢木硬是用手把她拉近。

"波子，刚才我一个劲儿说什么二十年，意思是二十年来，除了眼前这个女人，我再也没有抚摸过其他女人啊！我只被你这个女人吸引过，作为男人，简直不可思议，为眼前的这个女人付出了一生……"

"请您不要再'这个女人、这个女人'的了。"

"因为没有另外的女人才说的。'这个女人'

是不知嫉妒的。"

"我知道。"

"你嫉妒过谁呢?"

眼下,她不好说自己嫉妒竹原的妻子。

"不嫉妒的女人是不存在的,哪怕是看不见的事物,女人也会嫉妒。"她听见矢木的呼吸,便捂住了耳朵,躲避着他呼出的臭气。

"如果连品子和高男的出生都成了坏事,那我们……"

"我只是打个比方而已,不过高男之后,我们一直没再生孩子,这是为什么呢?再生一个也很好嘛。想想看,你热衷于舞蹈之后,我们就没有孩子了,不是吗?基督教的牧师说过,第一个创造舞蹈的人是魔鬼!舞蹈的行列就是魔鬼的行列……你一旦停止跳舞,也许还能再生一两个孩子。"

波子听了,又是一阵毛骨悚然。隔了二十年再生孩子,波子想也没想过。矢木这么说,听起来就是在奚落她,令她难堪。

不过，这样的错误也不是不可能发生，波子感到一阵恐惧。

波子和竹原在一起，有时会突然陷入恐惧之中。今夜她和矢木在一起，依然受到恐惧的袭击。

看罢《长崎踏绘》，波子对竹原说：

"我已经不再说害怕了。"

波子之所以如此嘀咕，是因为她体悟到，以往恐惧的发作，正是爱情的发作，她向竹原诉说了这次激烈的内心变化。然而，她不认为和矢木在一起时感到的恐惧也是爱的发作；如果硬要同爱连在一起，那就是对失去爱的恐惧，不是吗？或者说，对在没有爱之处描绘爱后感到幻想泯灭的恐惧。

夫妇之间的厌恶，较之人和人之间的厌恶，更使人感到切肤般的深沉，波子对此也颇为熟知。

一旦厌恶变为憎恶，就是最丑恶的憎恶。

不知为何，波子回想起一些无聊的事，是婚后不久的事。

"小姐不会烧洗澡水吗?"矢木问,"盖上盖子可以节约煤炭。"

矢木拆毁一只啤酒箱,亲手做了一个盖子。

矢木亲切地教她根据水温的改变掌握煤炭的火候。

波子入浴时,看到粗劣的盖子飘在热水上,觉得很脏。

矢木为了制作浴池盖子,花了三四个小时,当时波子就站在他身后呆呆地瞧着,当时矢木的姿势,她至今也记得很清楚。矢木坦白道,全家人都很奢侈的岁月里,他依旧独自一人在心理上过着贫穷的日子,此乃今夜矢木的言谈之中,最让她感到震撼的话语。这使她腿脚发软,仿佛被人推入黑暗的深渊。

二十多年来,矢木仰仗波子的财产过活,这本身似乎就是一种根深蒂固的憎恶和复仇。

是矢木的母亲撮合矢木同波子结婚的,而他硬是顽强地把母亲的计谋实现了。

此时此刻,矢木一如往常地用温存引诱波子,波子却一直拒绝。

"您竟然说出那种话，品子和高男会怎么想呢？我很担心他们，去看看就回来。"

波子说着，起床离开了。来到庭院里。仰望星空，她觉得自己已经无处可去。天空和后山的交界处白云飘飘，仿佛日本画中汹涌的波涛。

一

佛界与魔界

品子走入父亲的房间，可矢木不在。一件颇为眼生的挂轴正挂在壁龛里，上书：

入佛界易，入魔界难。

走近后，她看见了挂轴上一休的印章。

"一休和尚？"品子稍感亲切。

"入佛界易，入魔界难。"

这回她读出声来了。禅僧这句话的意思她不甚了了，总感觉"入佛界易，入魔界难"似乎说反了。不过，看到这样的文字，又不由自主地读了出来，她也觉得有些惊讶。

这句话似乎就停驻在这个无人的房间里，壁

龛里一休的大字,正用生动的眼神凝视一切。

看来父亲刚才还在房间里,因此,屋子里反而保有着一种温馨的寂寥,品子静静坐在父亲的坐垫上,心里很不平静。她用火筷子扒了下煤灰,有小小的火星进出。这是备前[1]瓷的手炉。

书桌一角的笔筒旁立着一尊小小的地藏菩萨。这尊地藏像本是波子的,不知何时到了矢木的书桌上。这尊木制雕像高约八寸,是藤原时代的作品,黑乎乎的,显得很脏,浑圆的头倒有着佛头般的圆润。雕像的一只手挂着高过身子的拐杖,这拐杖也是同时代的造物,线条笔直,清晰明了。就大小来说,也挺可爱的,可品子看了一会儿,不由得害怕起来。

父亲今早也这样坐在桌前,时而看看地藏木雕,时而看看一休的题字吗?品子一边想着,一边又望向壁龛——"佛"字倒是下笔严谨的楷书,到了"魔"字,则是纷乱的行书,这种魔幻让品

---

[1] 备前是日本冈山县东南部的古称,备前瓷以无釉瓷为特色。

子感受到同样的恐惧。

"在京都买的吧?"品子想。

这不是家里原有的挂轴,是父亲在京都偶然发现的,还是他因为喜欢特意寻购来的呢?

家里原有的挂轴被收起来了,放在壁龛一侧。品子走去看了看,是《久海断简》[1]。

波子的父亲早年在这个宅子里还放了四五幅《藤原和歌断简》,现在只剩《久海断简》,其余都被波子卖了。据说这件《久海断简》是紫式部的墨宝,矢木舍不得放手。

"入佛界易,入魔界难。"

品子离开父亲的房间,再一次自言自语,这句话莫非同父亲的内心有某种牵连吗?她反复琢磨这句话的含义,却始终无法准确理解,她想同父亲谈谈母亲的事,所以母亲去东京前她一直待在排练场,现在特来父亲房里看看。

---

[1] 原文为"久海切",此处的"切"即"古书切"(古代书法的断片、残简)。"久海切"即收藏者久海(人名,出卒年不详)收藏的紫式部的手迹断简。安土桃山时代,随着茶道文化的兴盛,将书法挂轴语句切割、分离后悬于茶室成为一种时尚。

难道一休的题字已经替父亲回答了吗?

大泉芭蕾舞团研究所有二百五十余名学生。这里不同于学校,升学考试以及开学日期并不固定,学生随来随考。有的学生连续请假,还有的学生不来上课,人员始终有进有出,很难掌握准确的人数,但不少于二百五十人,细算的话只会多不会少。

大泉芭蕾舞团以外,大凡东京著名的芭蕾舞团,一般都有二三百名学生,目前大致是这么个情况。但是,这么多学生,并非都是经过严格的考试进来的。同其他艺术门类一样,有些只是凭着想学芭蕾舞的愿望,轻而易举入学的。这些孩子适不适合学习芭蕾舞,将来有没有希望在舞台上崭露头角,入学时都没有进行深入的考查。

东京的芭蕾舞辅导班有六百家,其实那些规模较大的,只要有三百名学生,就可以设立一座组织严谨的舞蹈学校,选择素质优秀的学生,施行严格、正式的教育,但尚未听说哪家有这样的计划。

大泉研究所也一样，学生多为女生，都是放学回家后才来研究所。女生班一共五组，女生班以下是小学儿童班；往上有两班年龄大些的学生，技能也很熟练；再往上还有一个尖子班，尖子班顾名思义，学生都是优秀的芭蕾舞者，研究所的大泉所长经常亲临排练场指导，大家共同学习，尖子班的学生是这个舞团的中坚力量。尖子班只有十名学生，女生八名，男生两名，品子正是其中之一，也是最年轻的一个。尖子班学生会作为助理教员，各自担任下面班级的辅导教学工作。除了这些班级之外，另有专科组，这是上班族的班级，学生的年龄各不相同，芭蕾舞团公演时，也会因工作的妨碍，不能登台演出。

品子每周在尖子班上三天课，加上作为助理教员上班的排练日，几乎每天都去研究所。

研究所在芝公园后面，从新桥站步行过去，只需十分钟。

今天的品子仍然心情沉重，她没有乘交通工具，独自茫然地走着。品子看见一位母亲领着一个大约在上小学五六年级的女孩子,站在研究所门口。

"请问,我想带她参观一下,可以吗?"

"啊,请进。"

品子回答后,随即看向那个少女。或许是缠着要学习芭蕾,她母亲才陪她来的吧?品子打开门,正打算让这对母女先进去,只听房里有人喊道:

"品子小姐来得正巧,我一直等着呢。"

呼喊品子的是野津,这里的首席男舞者。

作为首席男舞者,他经常扮演王子登场,即作为扮演公主的女舞者的搭档。"王子"名副其实,形象俊美,细腰长肢,全身线条流畅,潇洒而浪漫,独具匠心的带有古典芭蕾风姿的白色演出服穿在他身上非常合体,这在日本人里十分罕见。然而,排练时他总是穿着黑色衣服。

"今天太田小姐休息,品子小姐来了,就想请你弹钢琴,"野津说话时时夹带女人的腔调,"可以吗?"

"行啊,"品子点点头,"弹钢琴,不管谁都可以啊。"

他口中的那位太田小姐是专门伴奏的女钢琴家。即便没有钢琴伴奏,也能通过教师的嘴和手打拍子,进行芭蕾舞基本动作练习,无伴奏的教习所也很多。而这里使用的是切凯蒂[1]的练习曲,有没有音乐伴奏,大不一样。排练时习惯于有伴奏的学生,一旦没有伴奏,就会变得手忙脚乱起来。

品子回头招呼前来参观的母女:

"请到这边来。"

她叫她们坐在门口旁的长椅上,自己走向火炉边。

"品子小姐脸色很不好,怎么了?"野津小声问。

"是吗?"品子没有动。

"请你弹钢琴,你不高兴,是吗?"

---

[1] 切凯蒂(Enrico Cecchetti,1850—1928),意大利著名芭蕾舞者、舞蹈教育家。

"不是。"

野津头上扎着碎水珠花纹的蓝色绸带，没有打结，扎得很巧妙。虽说扎绸带只是为了防止头发散乱，但也由此可以看出野津在这方面很用心。

"虽然别人也能弹练习曲，不过……"

野津坐在火炉前的椅子上，半转过头仰望品子，裹着蓝色绸带的前额下眉眼秀媚。

是在赞扬她的钢琴弹得好吧，品子小时候就开始跟母亲学习弹钢琴了。波子过去练习钢琴极为专注认真，到了如今这个年纪，波子甚至觉得或许做个钢琴教师更为轻松，毕竟早在二十年前她还年轻的时候，就已经是专业水准了。多数舞曲品子也都会弹，切凯蒂的练习曲是用于教授芭蕾舞基本功的，自然容易一些，况且每天反复听，自己也经常弹，早已熟记在头脑里了。

品子弹琴时有点分心，野津走过来问：

"怎么啦？有点快了，和平常不一样。"

正在排练的是女生班往上两班中的 B 班，被称为高等科，一般在公演的舞台上负责跳群舞。从高等科的 B 班可以升到 A 班，跳得更好的人还可以通过选拔进入品子所在的尖子班。用芭蕾术语来说，群舞中既有跳方阵舞[1]的，也有在群舞中领舞的，即站在舞台最前方跳舞。尖子班的舞者有时会担任群舞中的领舞，而领舞的人，有时也可以被选拔作为独舞演员。

大泉芭蕾舞团的二百五十余人中，可以登台公演的约有五十人。高等科 B 班都是训练有素、技艺娴熟的学生，对研究所的风格和教学方法也很熟悉。况且，课程开头抓住把杆的训练，都是在重复一些学过的动作，可以平滑推进，所以品子也就像平常一样，只是动了动指头，而这遭到了野津的指责。

"对不起，"品子表示歉意，"你是说快了些，对吗？"

不大可能吧？冷不丁遭人当面指责，她感觉

---

[1] 由四对男女舞者的方阵舞。

有点下不来台。

"我只是有这种感觉罢了,这弹奏听上去好像有些心不在焉,我便急躁起来……"

"哎呀,对不起。"品子的脸涨红了,眼望着白色的琴键。

"没关系的。不过,品子小姐,你在想心事吧?"野津小声说,"您的舞姿也是,总是让人觉得沉重,好像跳着跳着就气闷起来。"

他这么一说,品子果真呼吸急促,心跳加快了,仿佛是野津的汗臭,使得她越发胸闷起来。打野津走近,到她回过神来,那汗臭就一直刺激着她,两人共舞时姑且还能忍受,眼下这汗臭,似乎已经有些时日了。

野津经常换洗排练的舞衣,或许因为冬季天冷,有些怠惰了吧。

"对不起,我会注意的。"品子厌恶汗臭,没好气地说。

"好的,一会儿再聊……"野津一边走开一边说,"拜托啦。"

品子专心弹起琴来，就像自己也配合着学生们的脚步一同翩翩起舞一般，终于调整好了节奏。

离开把杆的练习开始了。正像音乐术语经常使用意大利语，芭蕾舞则使用法语。学生们一个个按照指示离开把杆，野津的法语随着品子的琴音，变得越发流畅，品子则被野津的嗓音吸引，继续弹下去。野津的声音蕴含着几分甜美，逐渐变得清澄高亢，那一连串不断重复的丽辞美语——"plié"（下蹲）、"pointe"（足尖直立）……对于品子来说，它们的发音阴柔地震响在梦幻中。野津时而用手，时而用口号打着拍子，在品子听来皆如梦中之声，她甚至感到学生的脚步声也越来越远了。

"不行！"她望着乐谱。

排练本是一小时，因野津很有兴致，延长了二十分钟。

"谢谢，辛苦啦。"野津走到钢琴边，擦了擦额头。新的汗臭强烈地刺激着品子，鼻子如此易感,或许是心理上的疲劳所致吧。

"排练场接下来会有一小时的空闲,我们稍微休息一会儿,之后一起练习一下,好吗?"

野津对她说着,品子摇摇头。

"今天算了,我来弹钢琴。"

一小时后有女生班课程,接着还有上班族的课程。品子回到火炉旁,参观的两个女学生从门口边的长椅站起身,走过来说:

"我们想要一份章程……"

"好的。"品子拿出章程,再附上申请书交给她们,那位领着小学生来的母亲对品子说:

"也请给我一份吧。"

野津站在排练场的镜子前,独自进行无把杆跳跃练习。他跳跃而起,在空中两足拍击,练习击腿跳[1]和击打跳[2]。野津的击打跳,动作优美。品子坐在火炉前,靠着椅背,茫然地观望着。

---

1 芭蕾技法之一,两足踏地,垂直跳跃,双足于空中交叉拍打,然后落地。
2 芭蕾技法之一,身体向跳跃方向倾斜,前脚向前踢起,后脚在空中击打前脚后侧,落地时后脚落在前脚前方。

下一节课程的助理教师们也来到排练场,各自开始自主练习。品子本以为野津已经先行离开,没想到他却换下排练服走了出来。

"品子小姐,今天……我送送你。"

"不过,没人伴奏啊。"

"没关系,总会有人弹琴。"野津一边把胳膊伸进大衣的袖筒里一边说,"在镜子里看到品子小姐的脸色,就知道你很辛苦。"

品子以为野津只是通过镜子观察自己的动作,没想到他正在远处用心瞅着自己的脸色呢。

他们顺着斜坡向御成门走去。

"我要去一下母亲的排练场……"品子说。

"我也很久没见你母亲了,我也去一趟,可以吗?"于是,野津拦住一辆空车,"上回见你母亲是什么时候来着?当时谈起女芭蕾舞者是结婚好还是不结婚好,她说,还是不结婚好;而我说,还是得恋爱吧……"

记得有一次,他们排练双人舞时,品子听野津提起,为了真正做到二人气息和谐一致,做夫妻，做恋人，继续保持毫无关系的状态，到底哪种更好呢？本对舞蹈心无挂碍的品子，突然有所介怀，身板僵直，动作也不灵活了。一旦心里有了芥蒂，跳舞时就不能把全身心都交付给对方了。

舞台上，女舞者将被男方以各种姿势怀抱，托举，或置于肩头；还有投体、承接、全身交托、存置等互动，男女的身体共同描绘出爱的各种形象。首席男舞者就是"女芭蕾舞者的第三条腿"，担当骑士的角色；而女舞者则作为恋人，同首席男舞者珠联璧合，将此"第三条腿"化为自己身体的一部分。

品子还不是大泉芭蕾舞团当红舞后和首席女舞者的时候，野津就非常喜欢她，甘愿当她的双人舞搭档。在别人看来，两人恋爱、结婚都是迟早的事。尽管她还是姑娘家，但野津可能比她婚后的丈夫还熟悉她的身子，她的一部分已经是属于野津的了。

然而，野津的有些地方，尚未使得品子感受

到他的男子气。

是因为两人太熟了,还是因为品子是个姑娘呢?因为是姑娘家,品子的舞蹈很难流露出性感,一旦野津说些什么,她的身子立即就僵直了。

两人同乘一部出租车,比起二人共舞更使品子难堪。更何况,品子今天也不想让野津见母亲,她不愿让野津看到母亲忧郁的面色和苦恼的形象,再说,她一心记挂母亲,只想独自前往。

"真是一位好母亲啊!然而,一提起女芭蕾舞者结婚、恋爱的话题,你母亲就马上想到品子小姐的事……"

听到野津这么说,品子也觉得心烦。

"是吗?"

波子的排练场,没有开电灯,大门敞开着,波子却不在。即将日暮,地下室晦暗起来,只有墙壁上的镜子放出钝光,横长的高窗映射出对面街上的光亮。

空旷的大厅寒气森森,品子打开了电灯。

"没有来还是回家啦?"野津问。

"唔，不过……没有上锁啊。"

品子走进小房间查看，里面挂着母亲的排练服，摸上去冷冰冰的。波子和友子各有一把排练场的钥匙，一般都是友子来得早些，她会先开门。友子走了之后，不知母亲将友子那把钥匙交给谁保管了，品子并没有在意过。看来，友子离开后造成的不便，竟也在钥匙上体现出来了。尽管如此，一丝不苟的母亲怎会忘记锁门就走了呢？品子开始不安，今天真是奇怪的一天，她到父亲的房间一看，父亲不在，再到母亲的排练场一看，母亲也不在，两件事放在一起，让品子更加坐立难安。

那感觉犹如一个人刚刚还在，转眼便离去，心影依稀，反而让人更觉空虚。

"母亲到哪里去了呢？"品子在镜子里照了照自己，觉得母亲好像刚刚还在镜子里。

"啊，铁青……"她看到自己的脸色，吓了一跳，因为野津站在对面，她不便重新化妆。

她们因为排练时出汗，几乎不施白粉，口红

只涂薄薄一层,很少用化妆掩盖脸色。

品子回到排练场,点燃了煤气炉。野津背靠把杆,眼睛追逐着品子。

"不要点炉子了,品子小姐也该回去了。"

"不,我等着母亲。"

"她会回到这里吗?那么,我也……"

"会不会回来,我也不清楚。"品子把水壶放在炉子上,又从小房间拿来咖啡罐。

"真是一座好排练场啊!"野津环顾四周,"共有多少学生呢?"

"六七十人吧。"

"是吗?前些时候听沼田先生说,你母亲将在春元举办公演晚会?"

"尚未确定。"

"既然是品子小姐的母亲要办,我们也想助她一臂之力。这里没有男生吧?"

"是的,因为不招收男学生……"

"不过,公演时没有男舞者,不会太单调吗?"

"是啊。"品子也懒得说话了,只顾低头倒咖啡。

"这里也有成套的银餐具?"野津感到很稀奇,"只有女人的排练场,倒是很整洁啊,你母亲想得很周到。"

经野津这么一说,这套收拾得干干净净的餐具也显得适得其所。这里不像大泉研究所那般充满活力,大泉研究所的墙壁上贴着研究所几次公演的海报,花花绿绿的,而这里只装饰着外国女芭蕾舞者的照片,就连从《生活》杂志上剪下的照片,波子都整整齐齐嵌镶在镜框里了。

"我是在什么时候看过你母亲的演出呢?大概是战争初期吧……"

"或许是吧,战争激化后,母亲就不再登台了。"

"是和香山先生一起跳的吧?"野津似乎回忆起当时波子的舞蹈来了。

"现在想想,当时香山先生很年轻,就像我这么大吧?"

品子只是点点头。

"他和你母亲年龄相差很大,但很难看出来,"野津压低嗓门,"听说香山先生和品子小姐也经常一起跳舞,是吗?"

"跳舞?我那时还是小孩子,怎么能算一起跳舞呢?"

"当时品子小姐多大了?"

"最后一次和他一起跳吗?是十六岁。"

"十六岁?"野津反复品味着这句话,"品子小姐一直无法忘记香山先生吗?"

品子自己也觉得意外,她明确回答道:

"嗯,忘不掉啊。"

"是吗?"野津站起身,两只手插进大衣口袋,在排练场里转悠起来,"是啊,我想是这样的,我很理解。不过,香山先生已经不属于我们这个世界了吧?"

"不会的。"

"那么,品子小姐会觉得,和我一起跳舞,等同三和香山先生一起跳吗?"

"不会的。"

"两次都是一样的回答。所谓'不会的',到底是……"野津从远处径直走向品子,问道,"我可以等吗?"

品子害怕野津靠近她,随即摇了摇头。

"等什么呀,这……"

"我的这个'等',品子小姐应该早就明白……再说,香山先生也不是你的恋人,不是吗?"

香山不是品子的恋人,或许野津说得对,事情就是这样。然而,野津的这番话对品子的纯洁发出了挑战。在野津走到身边之前,品子猝然站起来。

"香山先生可以什么都不是啊。我不管别人的事……"

"别人?那我也是别人吗?"野津嘀咕着,转了个方向,又朝旁边走去。品子望着壁镜中野津的背影,花格子围巾上的红线,清晰地闪现在他的脖颈上。

"品子小姐还在做少女之梦吗?"

品子在镜中追逐着野津的姿影，觉得眼睛变得明亮起来，这不是因为野津，反而是拒绝野津使她增添了力量。她要战胜内心的寂寞，那究竟是何种寂寞呢？那种使品子紧紧团缩着身子不得伸展的寂寞，就存在于某个地方。

"除非母亲说我已经不能再跳舞，在这之前我决不考虑结婚的事。"

"等断定品子小姐不能跳舞了？和香山先生结婚也不考虑吗？"

品子点点头。野津走到对面的墙壁跟前，他回过头来，看见品子在点头。

"做梦啊，真是个娇小姐……照这么下去，我同你一起跳舞，就是在阻碍你结婚，是吗？所谓小丑，就是专给男方出难题的人吗？"野津说着走了过来，"你撒谎！你是心里想着香山先生才这么说的……"

"不是撒谎，我要同母亲在一起，母亲为了我的舞蹈，花费了二十年光阴。"

"品子小姐的舞蹈寄托在我身上……"

品子点点头,似乎对此也很赞成。

"好吧,我相信你的话。只要我们还一起跳舞,你就不会想着同香山先生结婚的事,对吧?"

品子紧蹙眉头,凝视着野津。

"我爱你,你爱香山先生。但是,你和我一起跳舞时,这两种爱都受到压抑。这样一来,品子小姐和我的双人舞,该是多么空洞啊!两种爱不都在白白流逝吗?"

"没有白白流逝。"

"总觉得会像脆弱的梦境一般。"

然而,品子明媚的眼神,深深打动了野津。她的脸色已经和刚才全然不同,变得神采奕奕,俊丽的面庞上唯有眉宇间流露出星点愁思。

"我一边跳舞,一边等待。"

品子眨了眨眼睛,微微摇了摇头。野津把手搭在她肩膀上。

品子回到家中,看见高男的厢房里亮着灯。

"高男,高男!"品子呼喊。

"姐姐,回来啦?"高男在挡雨窗旁回应道。

"妈妈呢？回来了没有？"

"还没有。"

"爸爸呢？"

"在家。"

听到高男准备开门，品子忙不迭阻止道：

"不用，不用啦，回头再说……"虽然已是暗夜，但她不想让高男看到自己不安的样子。

开门的动静停了下来，可高男似乎还站在走廊里。

"姐姐，记得有一次你谈到过崔承喜吧？"

"是的。"

"崔承喜啊，十二月三日在《真理报》上发表了一篇文章。"高男仿佛在讲述一件大事。

"是吗？"

"她提到了女儿的死……她女儿到苏联演出时，在莫斯科受到热烈欢迎……崔承喜的辅导班里，听说有一百七十多个学生。"

"是吗？"

听说崔承喜给苏联的报纸写稿，品子并没像

高男那般,激动得声音都变了。然而,品子仍不安地遥望着冬天里枯掉的梅枝投射在挡雨窗上的模糊阴影。

"爸爸吃过饭了吗?"

"啊,吃过了,和我一起吃的。"

品子没有回自己的厢房,直接走进了堂屋。今晚,她没见过母亲就先会见父亲,总有些忐忑不安。然而,她进来之前已经和父亲打过招呼,便再难离开了。

"爸爸,中午我到您这里转了一圈,还以为您在呢……"

"是吗?"坐在书桌前的矢木转过头来,身子也跟着转向手炉的方向,似乎在无声地召唤品子过去。

"爸爸,一休说的'佛界'和'魔界',是什么意思呢?"

"这个吗?这句话颇有意味啊。"矢木沉静地望着壁龛里的挂轴。

"爸爸不在屋里,我一个人看了,着实有点发怵呢。"

"哦？为什么？"

"应读作'入佛界易，入魔界难'吧？这里的'魔界'就是人类的世界吗……？"

"人类？你说魔界指的是人类的世界？"矢木有些意外地问道，"也许真是这样，那也很好嘛。"

"分明是人生活的世界，怎么会像魔界呢？"

"说是'人生活的世界'，可'人'是什么？在哪里？或许大家都是魔鬼呢。"

"爸爸就是带着这个想法，望着这件挂轴的吗？"

"没有啊……这里写的'魔界'依然是魔界，那是个可怕的世界，因为比佛界还难入啊。"

"爸爸想入魔界吗？"

"你是问我想不想入魔界吗？你这样问是什么意思呢？"矢木满脸怡悦，温和地微笑，"如果品子断定妈妈会入佛界，我也可以入魔界……"

"哎呀，不是的。"

"'入佛界易,入魔界难'这句话,使我想起另一句话:'善人能成佛,何况恶人乎。'不过,二者并不一样,一休是排斥伤感的,不是吗?一休是排斥你和妈妈这类人特有的感伤情绪的……排斥日本佛教的感伤与抒情……这是一句严酷的战斗式发言。对啦对啦,'十五茶会'展出《普贤十罗刹女图》时,品子也去看了吧?"

"去看了。"

北镰仓有个名叫住吉的美术品古董商,每月十五都会办茶会,茶具商和茶道爱好者轮番掌灶,成为关东一带的主要茶会之一。住吉是东京美术俱乐部的总经理,美术商界元老。他恬淡脱俗,有点像禅林和尚,较之茶道师傅,他身上有些地方更像一位茶人,这位住吉老人的人品正是"十五茶会"的支柱。

因为家住得近,矢木有时心血来潮,就到那里看看。本属益田家的《普贤十罗刹女图》挂在壁龛里展出的那天,他就邀妻子女儿一起去看了。

"围绕在骑白象的普贤菩萨四周的十罗刹,都是身穿十二单衣[1]的美女,是模仿当时宫中妇女的身姿画出来的,正是你妈妈很喜欢的。藤原时代华美而感伤的佛画,可以体现藤原时代的女性趣味与女性崇拜。"

"不过,听妈妈说,普贤的面孔只是美丽,并不华贵。"

"是吗,普贤是美男子,却被描绘成美女的样子。纵是描绘阿弥陀佛自西方净土前来迎接的'来迎图',也带有藤原时代特有的憧憬与幻影,出现了'满月来迎'的词语。传说藤原道长死时,阿弥陀佛手里捏着一条丝线,道长抓住了丝线的一端。《源氏物语》诞生于道长的时代,我年轻时曾经研究过《源氏物语》,但你妈妈认为源氏是个野蛮的穷人家的儿子,粗鲁,卑贱,同藤原的风雅相去甚远,她似乎很不喜欢这个人,"说到这里,矢木看向女儿,又继续说道,"在那幅《阿弥陀二十五菩萨来迎图》中,前来迎接人类灵魂的圣

---

1 古代女官、贵族女子的服装,由多层单衣重叠而成。

众衣着华丽，手持乐器，姿态翩跹。女人的美丽，在舞蹈中达到极致，所以我没有阻止你妈妈跳舞。但是，女人不是凭精神跳舞，只是凭肉体跳舞。我观察你母亲这么久了，她不正是这样吗？较之当尼姑，还是跳舞更显美丽，仅此而已。你母亲的舞蹈，只不过表达了她的哀伤情绪，属于日本风味……而品子你的舞蹈，不也是青春虚夸的幻影吗？"

品子本想回击父亲，可是矢木随口又说道：

"假若魔界里没有感伤，我会选择魔界。"

堂屋里设有矢木的书斋、波子的起居室、餐厅，以及储藏室和女佣的房间。波子的起居室只好兼做夫妇卧室。

这座宅子还是波子娘家的别墅时，这间六铺席大的堂屋的设计就带有女性意味，用古老的缎片作为壁饰。说古老，也不过是元禄时代和江户时代之间的各种女子服饰。最近波子躺在床上，望着这些彩线刺绣而成的古代花纹，觉得寂寞难耐，这些缎片的女性意味过于强烈了。

拒绝矢木之后,就寝对波子而言变得很痛苦。

丈夫不再求她了。矢木喜欢早睡早起,波子通常在矢木之后上床。不过,波子就寝前,矢木总是醒着,每天都要同波子说几句话后再入眠。波子在品子的厢房里闲谈到很晚时,总会突然想起就寝时间。

"你爸爸要休息了。"说完,她就会回堂屋去,因为担心丈夫为了等她还没入睡。这是多年的因习,身不由己。

其实波子也一样。回到卧室时,如果矢木不招呼她一声,她也会觉得有些异样。然而,这样的因习眼下却在威胁着波子,矢木一旦在床上说些什么,波子就会心头一惊,浑身团缩起来,立即钻入被窝。

"可我不是罪人啊!"波子不安地犯起嘀咕。她有意无意地倾听着丈夫的呼吸,自己到底是犯了什么罪?

波子不能翻身,她在等待什么呢?是等着丈

夫人睡,还是等着他来索求自己呢?

他若来求她,她或许还会拒绝,她害怕这样的争执。但是,他若不来求她,那也是很可怖的。

总之,矢木入睡之前,波子是无法入睡的。

今晚,波子一直在品子的厢房里闲谈,直到丈夫就寝,也没有回堂屋。

"听你爸爸说,你对壁龛里的断简挂轴不满意。"

"哎呀,不满意?爸爸是这么说的吗?"

"是的。两三天前爸爸说过,因为品子不喜欢,他想换掉……"

"哎呀……我只是问了问爸爸上面的文字是什么意思。爸爸跟我说了很多,可我还是没懂。爸爸还说,妈妈和我的舞蹈充满感伤情绪,我听了觉得很遗憾。"

"感伤情绪?"

"好像是这么说的。爸爸说的是舞蹈,他说舞蹈本来就是一种感伤……是这样的吗?"

"是吗?"

波子想起来了，十五年前，矢木对她说过，女人的身子会因跳芭蕾得到锻炼，赢得丈夫的欢心。

矢木对她说，二十多年来，除了"这个女人"之外，他不曾触摸过其他女子。当时，波子一心躲避丈夫的手臂，所以总觉得他的话黏糊糊的，害怕被他缠住。后来想想，正如矢木所说，他作为男人，是一个"不可思议的例外"；那么作为"这个女人"的自己，是有幸与这个"例外"结缘了吗？

波子并不怀疑丈夫的话，她信以为真。不过，如今她并不觉得有幸，反而感到沉重。这或许正是矢木性格异常的表现吧？波子试着用新的视角看待丈夫。

"如果我们的舞蹈充满感伤，那么，我和爸爸共同生活的岁月也充满了感伤，对吗？"波子边说边思索，"这阵子妈妈或许太累了，要到春天才能缓过来。"

"是爸爸连累了您，爸爸在魔界眺望着妈

妈。"

"魔界？"

"每次我和爸爸说起话来，不知怎的，总觉得自己的生活能力也丧失了，"品子用缎带扎起长长的秀发，随即又解开，"爸爸是靠吞噬妈妈的灵魂活下来的。"

波子听了女儿的话大吃一惊。

"总之，是妈妈背叛了爸爸，妈妈也应该向品子道歉……"

"大家都垮掉，爸爸才甘心吗？"

"怎么会……不过，最近我想过，要把这座宅子卖掉。"

"早点脱手，可以到东京建排练场。"

"一座充满感伤的排练场……是吗？"波子嘀咕道，"不过，爸爸会反对的。"

凌晨两点过后，波子回到堂屋，矢木已经睡着了。波子摸黑换上冰冷的睡衣，躺下之后，眼睑到额头一带，依旧没有暖和起来。

"妈妈，您到我屋里去睡吧，反正爸爸已经歇息了。"品子说，但波子回道：

"这样爸爸又会取笑的，说这也是感伤情绪……"

其后，波子虽然回到堂屋来睡，但总怀着寂寞，她像个年轻姑娘般想着，要是和品子一起待到黎明多好。她一直睡不着觉，心怀恐惧，又生怕惊醒矢木。

早晨，波子醒来时，矢木已经起床了，这是从未有过的事。

波子颇感惊奇。

一

深刻的往昔

波子和竹原走进四谷见附那座旧宅的废墟时,外面正好刮起了风。波子拨开齐膝的枯草,一边寻找排练场旧址的舞台地基,一边说:

"钢琴原来就放在这一块的。"她想,竹原当然是知道的。

"趁着能运走的时候,搬到北镰仓就好了。"

"如今说这些还有什么用呢?六年前的事了……"

"不过,这种施坦威O型钢琴我现在买不起了……那架钢琴,还满载着我的记忆。"

"其实小提琴可以拎着走,但我也给烧毁了。"

"是瓜达尼尼小提琴[1]吧?"

"是的,还有图尔特[2]的琴弓,现在想想实在可惜。买它们的时候日元还很值钱,美国的乐器公司为了获取日元,特意把乐器运来日本贩卖。现在,我的照相机销往美国,遇到困难时,偶尔就会想起那时的事。"

竹原按住帽檐,背对风口站着,给波子挡风。

"一碰上不顺心的事,我就会想起《春天奏鸣曲》。如今站在这里,那首曲子好像就从这片曾放过钢琴的废墟下传了出来。"

"是的,同波子夫人在一起,我似乎也听到了。我们二人用来合奏《春天奏鸣曲》的两件乐器,全都烧成灰烬了。不过,即使小提琴幸存下来,我也不能摆弄它了。"

"也别指望我能弹琴啦……不过,如今就连品

---

[1] 由手艺高强的意大利工匠瓜达尼尼(Guadagnini,1711—1786)手工制作的小提琴。

[2] 佛朗索瓦·格扎维埃·图尔特(François Xavier Tourte,1747—1835),法国琴弓制作大师,被誉为现代琴弓之父。

子也知道，那支《春天奏鸣曲》蕴含着我和你的一段记忆。"

"那是在品子小姐出生之前，深刻的往昔。"

"如果春天的公演真的能办成，那我真想再跳一次蕴含你我回忆的舞曲试试看呢。"

"跳着跳着，要是在舞台上恐惧发作，那就糟了。"竹原半开玩笑地说。

"我已经不再害怕了。"波子炯炯有神的眼睛闪耀着。

枯草看上去寒颤颤的，陨风飘动，斜阳的光亮在上面闪烁着，也晃动在波子玄色的裙子上。

"波子夫人，即使找到原有的舞台地基，也无法复原了。"

"是的。"

"我请相熟的建筑师来看看吧。"

"那就拜托了。"

"也请考虑一下新家的设计吧。"

波子点点头，随即问道：

"'深刻的往昔'有'深深埋在枯草中'的

意思吗?"

"不是的。"竹原似乎一时找不到合适的词。

波子回头望了望那段残墙,走到马路上。

"那段围墙也不能用了,盖新房时要先拆除。"竹原说着,也回头看了看。

"大衣的下摆粘上了些枯草的草籽呢。"波子抓起自己的大衣下摆翻转过来,可转头却先给竹原的大衣掸干净了。

"请转个身。"这回竹原发话了。

波子的衣服下摆没有粘上草籽。

"你终于决定建排练场了,矢木先生同意吗?"

"没有,我还没跟他说呢……"

"这件事有点难。"

"嗯,建成后我们还不知会怎么样呢。"

竹原默默地走着。

"我和矢木一起生活二十多年了,如今,孩子们也都长大了。不过,这不是我的一生,我自己也不理解,似乎有好几个'我'——一个和矢木一起生活,一个在跳舞,还有一个,也许在思念你呢。"波子说道。

西风从四谷见附的高架桥那里吹过来。两人绕过圣依纳爵教堂,来到护城河畔。微风吹拂土堤上的松树,发出簌簌响声。

"我想让自己变回一个人,将那好几个'我'变回一个。"

竹原点点头,望向波子。

"你为何就是不对我说'司矢木分手吧'这句话呢?"

"关于这个……"竹原接过话头,"我呀,刚才就在想,假若我们不是老相识,而是初次见面,那将如何呢?"

"啊?"

"我说'深刻的往昔',也是因为脑子里有这个想法啊。"

"初见……"波子狐疑地回头看了看竹原,"不,这种事我无法想象……"

"是吗?"

"不行啊,过了四十岁才和你初见?"波子闪耀的双眼充满悲戚。

"年龄不是问题啊。"

"我不这么想。"

"重点是'深刻的往昔'。"

"不过,要是我们到现在才认识,你不会理睬我的。"

"你是这么想的吗,波子夫人?或许正相反呢?"

波子仿佛被重击一拳,随即站住了,他们已经来到幸田屋旅馆门前。

"这件事等以后再细细问你吧,"波子想进旅馆,于是想若无其事地掩饰一下,"你看起来很冷吧?"

长长的走廊中安设着展示架,上面陈列着鲁山人[1]的陶器,均为志野瓷和织部瓷的仿制品,幸田屋旅馆的餐具一律是鲁山人的作品。

---

[1] 北大路鲁山人(1883—1959),日本陶艺家、书法家。

波子站在展示架前，望着一只仿九谷[1]的碟子，展示架的玻璃上映着她淡淡的面影，特别是两只明亮的眼睛目光炯炯，映得十分清晰。

尽头的庭院里，花匠正在往地上铺枯松叶。从那里向右拐，再向左转，接着从汤川博士住过的"竹之间"后面进入外面的庭院。

"矢木来时住在哪里呢？"波子问女佣。

他们被领往厢房。

"矢木先生什么时候来的？"竹原一边脱大衣，一边问道。

"打京都回来时路过这里，听高男说的。"波子的手从面颊抹到脖颈，"脸被风吹得很粗糙……我稍微离开一会儿。"

波子到盥洗室洗过脸，又坐到外间的梳妆台前，她一边熟练地巧施淡妆，一边想象着，如果真像竹原所说，两人是初见，又将如何呢？不过，她无论如何都想象不出来。

---

1 日本石川县的九谷以瓷器"九谷烧"著称。

即使二人一起进入旅馆最深处的厢房,波子也没有感到非常不安,是二人本就是老相识的缘故吗?还是因为这里是自己熟悉的旅馆?

炉子里煤气的臭味从竹原所在的房间传来。

波子想象着矢木住在竹林对面房间时的情景,借以平息和竹原待在一起产生的不安。不过,虽然在丈夫来过这家旅馆后,她曾在短时间内被罪人一般的恐惧心理追逐,浑身犹如燃烧着火焰,如今连这种感觉也没有了。

想起这些,波子的面颊泛起红潮,她再次打开化妆盒,重新在脸上浓浓地涂满了白粉。

"让你久等了……"波子回到竹原身边,"煤气的臭味都飘到对面去了。"

竹原望着波子妆后的姿容,说道:

"呀,变得好漂亮!"

"因为你说,还是初见的女子最好嘛……"波子微笑道,"我还想听你继续讲下去。"

"是'深刻的往昔'吗?就是说,如果我们是初见,我应该会毫不犹豫地把波子夫人抢过来……"

波子低着头,内心波涛汹涌。

"再说,过去未能和你结婚,我心中也留下了一份悲伤。"

"对不起。"

"不,我心中已经没有怨恨和嗔怒了。然而,你和别人结婚,二十年后,咱们又以这样的形式再次相会……这不就是'深刻的往昔'吗?"

"'深刻的往昔',你还要说多少次呀?"波子抬起眼睛问道。

"这个'往昔',或许已经把我变成一个老式的道德家了。"说到这里,竹原似乎想起了什么,"此种感情历经'深刻的往昔',没有消失,束缚住了我的手脚。如今我们已经各自结了婚,此番相见,好像是一种不幸,又好像是一种幸福呢。"

波子再次想到,竹原已经是有妇之夫了,他的婚姻毕竟和自己的不同,他或许不想给自己的家庭添乱吧。或者说,竹原也已对婚姻幻灭,他或许害怕和波子过于亲密又会迎来新的幻灭。

波子觉得自己仿佛被竹原一把推开了,然而,即使二人是初见,没有往昔的回忆,竹原那似乎终于尝到爱的口气,也拯救了此刻的她。

"打扰了,"女佣招呼一声,走了进来,"风很大,我把挡雨窗关上吧。"

这间厢房没有玻璃门。女佣关上挡雨窗的间隙,波子窥视着庭院,低矮的竹林枝叶翻卷,摇曳不止。

"已经是傍晚了,"竹原的两肘支在桌面,"我的话让你悲伤吗?"

波子微微点了点头。

"这太让我意外了,不过,和我在一起,你也会经常感到恐惧吧。"

"我说过,再也不害怕了。"

"此前看到你胆战心惊,我着实很痛苦,我也觉悟了,啊,这样不行……"

"不过,那不正是爱的发作吗?"

"爱的发作?"竹原似乎咬住这句话不放了。

波子此刻仿佛真的在体验爱的发作,她陶醉

于欢爱之中，浑身震颤不已，变得娇羞无比，妩媚动人。

"那是和恐惧完全相反吗……你应该可以理解我说的'相反'吧？过去是我让你和别的男人结婚的。虽然我没有硬逼你，都是你自己的决定，可我站在自己的立场上也可以这么说，因为我没有夺回你呀……我太尊重你了，缺乏使你获得幸福的自信，这是年轻男子常犯的毛病。不过，虽说是毛病，倒也使我穿越'深刻的往昔'，渐渐迎来了光明……我在其他方面并不胆小怕事，我自己也很惊奇，自己竟一直默默地珍爱着你。"

"我清楚地知道你很珍爱我。"波子老老实实地回答。她芳心半启，游移不定，不过，就算她彻底开放心扉，竹原也未必会跨进来。

"好奇怪啊，我们这样干坐着，就像老早就结过婚了一般。"

"是吗？"

"我俩如此亲密，这亲密已经深深渗入我的躯体。"

波子用眼神给予认可。

"依旧是'深刻的往昔'造成的啊。"

"是我过去错了吗?"

"那也未必,我们都没有忘记彼此……是去年吧,你在给我的信中写了一首和泉式部[1]的和歌。"

"你还记得?"波子羞涩地问道。

相爱你我不相期,

相期彼此不相思。

问君何者为胜也?

是波子在《和泉式部集》中看到的。

"这首和歌只是守着大道理不放……"

"不过,你说要与矢木先生分手,已经说了二十年,结婚是件很可怕的事啊。"

波子的脸色变了,她觉得竹原指的好像是她

---

1 和泉式部(生卒年不详),平安时代中期著名女歌人。

已经生了两个孩子。

"你在折磨我吗?"

"听起来像在折磨你吗?"

"如今,我心中已没有余裕,我只是赤裸裸地一味颤抖,而你心胸豁达,可以看到'深刻的往昔'。"

波子总觉得竹原在调侃她,总有些怀疑,因而两人的谈话不甚契合。竹原仿佛在等待自己痛哭流涕,纵身扑到他怀里,但波子既没有哭泣,也没有缠着他不放。可波子看到竹原如此心胸豁达,越发焦灼不安。

他为何不肯抱一下正赤裸裸地颤抖着的、被当作他情人的自己呢?

然而,波子没有丧失理智。今日同竹原见面,是为了实际的要事,她要和竹原商量卖宅子建排练场的事,所以才请竹原先看看为排练场所选的废宅旧址,再到附近的幸田屋旅馆用餐。

更何况,竹原有老婆孩子,波子也还未同矢木分手。

只是,波子一开始没有想到,即使特意挑了熟悉的旅馆,可还是会出岔子。

不过,波子或许也不会拒绝竹原,她觉得无论如何,自己早晚都是竹原的人。

"你说我心胸豁达,是吗?"竹原反问波子。

饭后,波子正在削苹果,教堂的钟声传来了。

"六点钟了。"敲钟的当儿,波子停下手中的水果刀。

"到了夜晚,风就静下来了。"波子将削好的苹果放在竹原面前。

"看来我必须见矢木先生一面了,可以吗?"竹原说道。

"为什么?"这委实出乎波子的意料。

"波子夫人,不论是修建排练场,还是同矢木先生分手,你自己一人都是解决不了的。"

"不,我不愿意……你不要见他……"波子摇摇头,"我来办理。"

"没关系的,我会以波子夫人老相识的身份和他见面……"

"那也不行。"

"波子夫人,你总得找个代理吧。事情虽然有点棘手,但我很想了解一下矢木先生的真面目,看他会是什么态度。"

"矢木一旦固执起来……"

"那么……北镰仓的住宅现在是在谁名下呢?"

"是我从父亲那里继承的,一直未变。"

"没人在你不知情的情况下改动过吧?"

"你是说矢木?怎么会呢,他不可能做到那个地步……"

"慎重起见,还是调查一番为好,因为我不太了解矢木先生的为人……不过我总以为,为了你,我和他之间早晚会有一次决战,或许眼下正是时候,但我目前还未从你这儿获得确切信息……"

'确切信息?"

"你曾问过我,为什么就是不肯对你说'同矢木分手吧'……你真的认为你们可以分手吗?"

"早已不在一起啦。"波子仿佛被引诱一般说出真相,立即羞得满脸潮红。

竹原如梦初醒,进一步追问道:

"今天不是要回家吗?"

波子依旧俯着身子,微微摇了摇头。竹原一时喘不过气来,沉默不语。

"不过,我作为你的朋友,总想见一下矢木先生;如果作为情人,就不好说话了。"

波子仰起脸来,凝视着竹原,她的一双大眼睛濡湿了,就那么望着他。竹原站起身走过来,抱住了她的肩膀。

波子本能地想离开,随即触到竹原的手腕,手指一阵颤抖,接着就痉挛了。她麻木的指头轻柔地从男人手上滑落下来。

竹原回家了,波子仍留在幸田屋旅馆。

"我一个人不好回家,我把品子叫来,一起回去。"波子说罢,就给大泉研究所打电话,这个时间品子还在那里。

"我在这里陪你等她来,好吗?"

竹原说完,波子稍稍想了想,说道:

"今天还是不见她的好……"

"连品子我也不能见吗?"竹原一边微笑,一边满怀慰藉地看着她。

波子送竹原到门厅,一直瞧着他的汽车开走,忽然又想追过去。虽然不能回矢木的那个家,但为何没有和竹原一起离开这里呢?

不过,她忘记了这一点——和竹原一起回家也是挺奇怪的。

波子独自待在屋里,坐立不安,在女佣的劝说下,她准备到旅馆的澡堂洗澡。

"深刻的往昔?"

波子反复品味着竹原的话,她泡在温暖的水里,觉得自己似乎已经失去了往昔。然而,即使现在她已年过四十,触到竹原的手的那一刻,那份少女时代体味过的喜悦仍未改变。她闭起眼睛,陶醉在往昔的豆蔻年华中。

"小姐来了。"女佣走来通传。

"是吗?我马上出去,叫她到房间里等着。"

品子没有脱大衣,随意地坐在火炉旁边。

"妈妈,我还以为发生了什么事,赶到这里,一听说您去洗澡了,我就放心了,"品子抬头看向波子,"您一个人?"

"不,刚刚竹原君来了。"

"是吗?他已经回去了?"

"我给你打电话之后不久就……"

"那时他还在?"品子有些不解。

"妈妈只是叫我来,别的什么都没说,就立即挂断了电话,我一直担心来着。"

"我和他商谈建排练场的事,请他来看看现场。"

"哎呀,"品子心里一派明朗,"所以妈妈的心情也很好,我也想去看看啊。"

"住下来,明天去看吧。"

"您要住在这里吗?"

"本来不打算住,可是……"波子一时不知说什么好,避开了女儿的目光。

"妈妈一人回家挺害怕的,想叫你来陪我一起回去……"

"妈妈不愿意一个人回家吗?"品子轻声反问了一句,说罢便眉头紧蹙,目光严肃。

"不是不愿意,而是很痛苦,觉得好像不可饶恕……"

"是爸爸他又?"

"不,只是我自己有这种感觉……"

"是觉得不能饶恕爸爸吗?"

"可能吧,也许是我不能饶恕自己啊,不过,就算说了不可饶恕,但事实也并非如此,妈妈自己也不清楚……我一味责备自己,好像也是在为自己找借口。"

品子似乎想起了什么,说道:

"妈妈下回来东京,不论何时,我都会和您一起回家。"

"品子……"波子笑了,"原来妈妈才更像小孩子啊。"

"回家很痛苦……我没想到妈妈会有这种感觉。"

"品子,也许妈妈和爸爸要分开了。"

品子点点头,看上去正在压抑内心的骚动。

"品子怎么看呢?"

"感到很悲哀,不过,早就有所预料,所以并不吃惊。"

"妈妈并不了解爸爸的为人,从一开始就不了解,不了解却还在一起生活,这种日子早该结束了,不是吗?"

"纵然了解了,也不能在一起了,不是吗?"

"我不知道,和不了解的人生活在一起,自己也会开始不了解自己的。妈妈和爸爸这样的人结婚,或许就是和自己的幽灵结婚。"

"我和高男都是幽灵的孩子吗?"

"妈妈不是这个意思。孩子是活生生的人之子,神之子。你爸爸不是说过吗,若是妈妈同他离心离德,那么我和他的孩子的出生也会变成坏事。这是幽灵的观点,不适合我们,不是吗?为了蒙混,为了解闷,一心想要活下去,这或许就是人生。可这样下去,妈妈也要被当作幽灵了。

不过，分手也不只是爸妈的事，也牵涉到你们姐弟。"

"我没关系，倒是高男……高男要去夏威夷，可以等他离开日本……"

"是吗？那就这样吧。"

"不过，依我看，爸爸肯定不会放妈妈走的。"

"可妈妈也让爸爸吃尽了苦头。爸爸完全是遵照他母亲的意志才和我结婚的，直到现在，你爸爸依旧凭借自己的意志，要将你奶奶的意志努力贯彻到底。"

"因为妈妈爱竹原先生，所以才会这么想，对吗？要同爸爸离婚的妈妈，爱着别的男人，我作为女儿，觉得太残酷了。记得爸爸曾问过我：'妈妈同竹原先生继续交往下去，你觉得可以吗？'我当时回答说：'可以。'我之所以这样回答，是因为爸爸的提问也很残酷。高男也被问起这件事，但他说自己不想回答这类事。他毕竟是个男子汉啊！"接着，品子压低嗓门说，"竹原先生是个好人……我也不是未曾料到……不过，我要是承认妈妈的爱,就等于进入魔界。在这个魔界,要靠坚强的意志才能生存下去。"

"品子……"

"妈妈和竹原先生相会,叫我到这里来,我倒觉得没什么不好的,假如将来母女分离,我也会想起今晚妈妈叫我来过这里。"品子热泪盈眶,但她又不好问妈妈和竹原在一起时是否也觉得很寂寞。

"妈妈为何叫我来呢?"

波子突然回答不出来了。或许因为和竹原在一起时涌上来的情感无法排解,所以才给女儿挂电话的吧?再不然,就是因为既不想同竹原分别,也不想回家,正沉醉于耳鬓厮磨、难舍难分的喜悦中,又猝然升起满腔哀愁,无法自持,这种时候总想获得些安慰与释放,所以才把女儿叫来的吧?

竹原假若抱住波子不放,波子的脑海里也不会浮现品子的影像。

"我想同品子一起回家。"波子只回答了这么一句。

"回家吧。"

她们来到东京站,横须贺线电车刚刚发车,要再等二十分钟。母女二人坐到站台的椅子上。

"妈妈即使同爸爸分手,也无法同竹原先生结婚吧?"品子问道。

"是的……"波子点点头。

"同品子一起生活,妈妈也只能跳舞,是吗?"

"是的。"

"不过,我认为爸爸不会放开妈妈的。高男也许要去夏威夷,但爸爸离开日本,仅仅是幻想。"

波子沉默不语,隔着月台,望着对面正在开动的火车。火车开走后,可以看到八重洲口的街灯。

或许是品子起的头,母女俩谈起野津来波子的排练场时的事。

"我回绝了他,不过,我会和他一起跳舞。"

第二天是星期日。下午,波子在家中排练舞

蹈。午饭后，女佣前来通传：

"竹原先生来访。"

"竹原君？"矢木严肃地望着波子。

"竹原君干什么来了？"他转向女佣，"你告诉他，夫人不想见他。"

"好的。"

品子和高男姐弟俩屏住了呼吸。

"这样可以吧？"矢木问波子，"要见就在外面见，那不是更自由吗？没必要恬不知耻地闯到家里来。"

"爸爸，我不认为那是妈妈的自由。"高男嗫嚅道，按着膝头的手哆哆嗦嗦的，细细的脖颈上的喉结也在微微颤抖。

"唔，只要你妈妈还记得自己的所作所为，就不会有什么自由。"矢木冷冷地说。

"他说不是来见夫人的，他想见先生。"女佣又走回来。

"见我？"矢木再度望向波子，"那我更得拒绝了，我没必要见他，再说他今天也没有预约。"

"好的。"

"我去跟他说。"高男随即把长发向上一拢，走向门外。

品子的眼睛离开了父母，转而眺望庭院。梅花几乎开满了院子，甚至爬过了房屋，在山脚扎堆，房前反倒只剩一两棵。

品子的厢房附近时常能看到瑞香花，仔细看去，已经长出了坚实的蓓蕾，但梅花会怎样呢？

品子似乎听到了母亲的呼吸，她胸口堵塞，马上要喊出声来。她本来打算出去，已经穿上了洋装，但又莫名其妙地解开了扣子。

高男脚步声响亮地走进来。

"他回去了，说在学校见面，问了爸爸何时上课。"高男说着，盘腿坐下来。

"他有什么事？"

"不知道，我只是叫他回去。"

波子似乎被捆住了手脚，纹丝不动。随着竹原的脚步声渐渐远去，她感觉矢木的目光迫近了，她不曾料到竹原会这么快来访。

品子悄悄看了下手表，默默站起身来。她早已装扮完毕，立即走出家门。

电车半小时一趟，竹原一定还在车站。

竹原低着头，在北镰仓站长长的月台上踱来踱去。

"竹原先生！"品子在木栅栏外喊了一声。

"哎？"竹原惊讶地停住脚步。

"我马上过去，电车还要等一会儿……"品子沿小路急急忙忙走来，竹原也顺着对面的月台赶往检票口。然而，一来到竹原面前，她就说不出话了，面红耳赤，表情僵硬，手里还拎着一只口袋，里面装着排练服和舞鞋。

竹原想，或许品子是因为有事才追他而来的吧。

"去东京吗？"

"嗯。"

"刚才我去你家里了，你知道吧？"竹原边走边问，也不看品子。

"知道。"

"我想见见你父亲……可是没能见到。"

上行电车到了,竹原让品子先上车,二人相向而坐。

"请给你母亲传个话,就说所有权还是被改了,行吗?"

"好,所有权?什么所有权?"

"就这么说,她知道的,"竹原岔开了话题,似乎又想起了什么,"将来你总会知道,是宅子的所有权。这件事还有其他事,我想跟你父亲商量一下,所以来了。"

"是吗?"

"品子小姐是站在母亲一边的吧?不管发生什么事……你母亲的人生才刚刚开始,和品子小姐一样,品子小姐的人生也刚刚开始呀。"

电车抵达下一站的大船站。

"我在这里下车。"品子突然站起来。

驶往伊东站的"湘南电车"进站了,两车在这里交错而行。品子一直盯着那趟电车,转身便飞也似的登上车厢,激动的心潮随即平复下来。

刚才竹原来到大门口,父亲和母亲坐在餐厅里,品子受不住那种令人窒闷的气氛,她体会到母亲的心情,不禁一阵痛楚,热血奔涌,所以出来追赶竹原。想不到一见竹原,她就感到羞怯难当,她似乎应该替母亲向竹原传话,但一下子又开不了口。

为什么要来这里呢?品子实在耐不住了,在大船站下了车。她乘上"湘南电车"也是一时兴起,当时一想到要去见香山,心情便自然而然地沉静下来了。

到大矶站时,车上聚集着讨要募捐的残疾军人,品子朦胧听到他们满腹牢骚的演说。此时,她又听到站在车厢门口的乘务员说道:

"诸位,不要给这些人捐钱,本车厢禁止募捐……"

残疾军人停止演说,拖着金属做的下肢,打品子身边走过,身穿的白衣里露出一只手,也有着金属骨节。

品子从伊东站换乘东海汽车公司的公共汽车

一号线。

抵达下田市要花三个小时,她知道,半路上天就会黑了。

2010年初,始译至第五章,因原作版权被买断而中辍。2021年暮春续译,8月3日译毕于蝉声聒噪中。

《舞姬》解读

三岛由纪夫

小说《舞姬》的登场人物，以芭蕾舞者波子与品子这对母女为中心，还有波子的丈夫矢木，品子的弟弟高男，波子昔日的恋人竹原，波子的弟子友子，小说主线中不曾登场的、品子所爱的香山，高男的男性朋友松坂，品子的舞伴野津，波子与品子的经纪人沼田等。

《舞姬》描写的绝不是这些人时疏时密、错综复杂的人际关系，而是他们各自独立、任何人都无力加以改变的命运。作者着墨最多的是矢木和波子那种斯特林堡[1]式的恐怖夫妻关系。虽然矢木无疑是一个恶魔，但他仍然是无力的。出现在这

---

1 奥古斯特·斯特林堡（August Strindberg，1849—1912），瑞典作家、戏剧家，作品以描写赤裸裸的人性为特色。

部作品中的善神、美神或恶魔,都经过精心安排,一律被赋予一种无力感。

　　作者又似乎故意省略了能让这些登场人物瞬间从这种无力感中挣脱、陶醉于自我力量的场面。波子是个放弃舞台之梦的往昔的舞者;而品子是尚未成为芭蕾舞后的未来的舞者。作者只描写了她们观看别人在舞台上表演的过程,却没有描写她们为提升自己而在舞台上努力的过程。同时,护城河那条银色鲤鱼,犹如不祥的征兆,游弋于通篇作品中。

走吧!别再盯着那种东西看啦!

　　竹原对一直盯着鲤鱼的波子这样说道,他因波子抛下自己这个情人不顾,一心只看那条银白而阴惨的鲤鱼而感到心绪不宁也是可以理解的。实际上,那条鲤鱼一出现,就仿佛将所有人际关系一概闭锁住了,它是一种美的虚无的象征。

波子好比能剧情爱篇[1]中的花旦，优婉、哀伤，她对人生抱有的梦想都渐渐消失了。然而，波子的心灵并不像爱玛·包法利那样，她没有继续沉沦在那种不满中。在某种意义上，她显得更特立独行，更懂得享受罪即罪、悲哀即悲哀、绝望即绝望之术。

读完这部小说我就想，川端先生写小说的态度中有独特的现实主义。他用自己的眼睛眺望人生，在他眼中，人生只能呈现如此景象；站在此种立场撰写小说，他的写作应当称为小说的现实主义，比起浪漫主义的奈瓦尔[2]，心理主义的普鲁斯特，以及自然主义、现实主义的二流作家们，在某种意义上，他属于更加透彻的现实主义。

平易近人，不强硬地灌输观念，乍看面向妇女儿童，实际上却是川端先生时而竭尽全力，时而轻松自如，屡次止步不前后创造的文体。此种

---

1 原文"鬘物"，指以女性为主角的能剧篇目。
2 热拉尔·德·奈瓦尔（Gérard de Nerval, 1808—1855），法国诗人，诗作着力描写梦与幻想的世界，代表作有《幻象集》《火的女儿》等。

文体，底部隐含着坚固的磐石，不断强调着"我就是如此看待人生的"这一注释，也使得那些无缘的读者读来总是抱有隔靴搔痒之感，这正是川端先生作为作者忠实于自我现实主义的缘故。

将登场人物强行同作者的现实主义结合，使之严丝合缝成为一体，此种手法是先生更加微妙的现实主义。试举一例，开头，作者对波子和竹原幽会的地点——电车轨道旁的悬铃木林荫道，进行了最为绵密的观察，那里既有叶子已大半凋落的树木，又有绿叶葱茏的树木。其实，这种观察既是纯粹而客观的，又是纯粹而内面的；作为映于幽会情侣们眼中的风景，是不自然的、不可信赖的。当读者感觉到这一点，紧接着下面一行，硬是使得读者信服了：

> 竹原想起波子说的话："看样子，树木也各自有着不同的命运哩……"

这种手法也体现在鲤鱼现身处，在关于鲤鱼

的冗长描写之后,作者让竹原说出:

> 走吧!别再盯着那种东西看啦!

这句话同时足以表现波子的性格。这种手法本应叫作小说的倒叙法,替代伏线,通过后注,逐渐累加小说的纵深。与此同时,这漫长幽会的整个场面,也成为巨大的伏线,幽会的高潮也预示着为悬铃木和鲤鱼所吸引的这对恋人,终究无法热情结合,二人的关系只能不了了之。

若将川端先生的这种现实主义戏称为"隔靴搔痒的现实主义",最能体现这种"隔靴搔痒"的当数矢木,最不能体现的则是竹原。讲求礼貌、优柔寡断的竹原,不论从哪方面看,都缺乏魅力,即矢木所说的"凡夫俗子"、波子的"幻想中的人物",而矢木却因异样的现实主义而鲜明地存在着。

卑怯的和平主义者,胆小的非战主义者,逃遁的古典爱好者……本是妻子的家庭教师、仰仗妻子生活的人，再现了精于算计的母亲执念的人，瞒着妻子私自存款的人，打算叫儿子逃往夏威夷、自己逃往美国的人，偷偷将妻子名下的宅邸转到自己名下的人……而且，这个男人的一生从未有过不贞，仅凭昆虫学家般的好奇心对妻子加以爱护，还在孩子面前诘难妻子精神性的出轨，是个地道的"渣男"。

小说将波子置于台前，让矢木作为背景，这种手法是成功的。波子持续不断的恐惧（她为此甚至精神恍惚！），被无形之物缠身的不安，无法摆脱的焦躁……这一切皆来自对矢木"隔靴搔痒的现实主义"的描写，带有异样的现实感。倘若对矢木做分析性的描写，波子的不安或许不会成立，即使成立，也将失去现实主义特征。

矢木在孩子面前诘难他们的母亲，孩子们各自加以反驳的会话场面，使人想起古典戏剧的终幕，也就是明晰的悲剧的顶点。然而，颇具讽刺意味的是，此种"家"的悲剧之所以成立，正是因为战败后，这个"日本家庭"的徐徐崩溃终于迎来了尾声。《舞姬》全篇对这个伴随日本民主化产生的普遍现象,做了极为微妙而精细的描写。然而,这个家庭的特殊之处正在于,它在自主加速崩溃,促进崩溃,同时也孕育了与时代无关的自我内部崩溃的种子。到达此种悲剧的顶点后,成员们才从正面互相碰撞,不是依靠情爱,而是通过憎恶,形成了这种家庭的典型,这正是所谓具有讽刺意味的家庭小说。

此时,作为作品主题的恐怖话语"入佛界易,入魔界难"终于出现了。

矢木用"感伤"一词取笑热心于芭蕾的母女,但波子和品子并非可以通过舞蹈进入魔界的天才。那么矢木又如何呢?正如品子所说的,"在这个魔界,要靠坚强的意志才能生存下去",矢木其实也大大缺乏居于此种意义的魔界的资格,他也是无力的。

矢木究竟是什么人?

作者也借波子之口说出,矢木是个别人完全无法理解的人。不过,矢木只是无力的"观察的恶魔"吗?长期忠实于波子的爱情生活里,他作为观察者,表达爱的方式的水准是参差的,波子无法永远拒绝矢木,也是因为被施加了这一非人性的爱的诅咒,由此化作《天鹅湖》中的白天鹅。

可以认为,所有登场人物的无力,皆源自矢木的无力,是暴露于矢木无力的诅咒之下。大团圆的结局中,品子逃出来去找香山,暗示着这种诅咒的一角已经崩溃。然而,矢木为什么如此无力?以下观点可能是我的独断——矢木是小说家的象征,小说家因超越一切人的行为而变得无力,不是吗?如此看来,《舞姬》描写的,是那些奔波于芭蕾艺术的女人,因此成为石女[1],未能摆脱对她们所有行为都抱着轻蔑态度的男人们的支配。可以说,作者在波子和矢木身上,亦即在艺术家和艺术家的生活中,说得更明白些,也就是在艺术和生活中,隐藏了不断分裂的阴影,分裂之间,永恒的敌人便形成了。

1　不具生育能力的女子。

总之,川端先生的想法与一般的观念相反,他无疑是个对女人不抱任何幻想的作家,对波子的描写已经暗示了这一点。至今为止,只把女人当作感情的附属物,不对女人抱任何幻想的小说是不存在的。福楼拜将自己未能获得回报的梦想寄托在愚痴的爱玛·包法利身上,川端先生却没有任何寄托。我将他的作品称作现实主义,理由就在于此。

对于川端先生来说,什么是永恒的美?我要是说"一切为己",肯定会遭人耻笑,但或许那就是属于美少年的东西。尽管只有简短的描写,高男的男性朋友松坂身上,希腊的 Ephebe(由少年迈向青年时的男性)如电光一闪,猝然显现出不祥的妖精般的美来。这既是'东方的神圣少年"沙羯罗的面影,也是《山音》[1]中菊慈童[2]能面的面影。

---

1 川端康成另一部描写老年生活的家庭小说。
2 传说为周穆王喜爱的儿童,因犯罪被流放到南阳郦县,饮当地菊花露后成仙,也是谣曲观世流《枕慈童》的别名,《山音》中有所涉及。

《舞姬》连载于 1950 年 12 月至 1951 年 3 月的《朝日新闻》。

1954 年 11 月

对于一个幸福的人,
谁还会问"你觉得自己幸福吗"这种问题呢?

一页 folio

始于一页,抵达世界

Humanities · History · Literature · Arts

出品人　范新
品牌总监　恰恰
特约编辑　王子豪　徐露　徐子淇
营销总监　张延
营销编辑　狄洋意　闵婕　许芸如
新媒体　赵雪雨
版权总监　吴攀君
印制总监　刘玲玲

Folio (Beijing) Culture & Media Co., Ltd.
Bld. 16-C, Jingyuan Art Center,
Chaoyang, Beijing, China 100124

一页 folio
微信公众号

官方微博:@一页 folio ｜ 官方豆瓣:一页 ｜ 媒体联络:zy@foliobook.com.cn